十津川と三人の男たち

西村京太郎

JN100336

祥伝社文庫

目次

第一章　激突　5
第二章　東京へ　42
第三章　探偵社の裏と表　77
第四章　一寸《ちよつと》悪どく　113
第五章　罠《わな》と三人の男たち　150
第六章　小悪党と大悪党　191
第七章　逆転への証言　230

第一章　激突

1

山陽《さんよう》新幹線を走る列車が、岡山《おかやま》駅に停車すると、ここで降りた乗客のほとんどは、そのまま駅を出ていくのだが、なかには、ここでは降りずに、在来線の8番線ホームへ歩いていく乗客もいる。

8番線ホームで、彼らを、待っているのは、JR四国の特急「南風《なんぷう》」である。

この時刻、8番線に入っていたのは、一二時〇五分発の、岡山発高知《こうち》行の特急「南風9号」だった。

三両編成で、先頭の1号車には、グリーン車が、ついている。車両の半分ぐらいをグリーン席にしているのだが、今日は、まだ四月の十日で、ゴールデンウィークまではまだ日にちがあるせいか乗ってくる乗客の数は少なかった。

この特急「南風9号」が岡山駅を発車するまで、先頭のグリーン車に、乗りこんだ乗客は、たったの六人だった。座席は、全部で十八席あるのだが、その六人の乗客は静かである。

そのほか、三両目の3号車の自由席には、アメリカ人の若者が三人、乗りこんできた。こちらは賑《にぎ》やかである。

アメリカにも、海に架かる長い橋がある。マイアミからキィーウェストまでの二百五十七キロにある、フロリダの橋のように珍しくないが、それはすべて、車のための橋である。

その点、瀬戸内海《せとないかい》に架かる瀬戸大橋のように、鉄道が走る長い橋というのは、アメリカ人にも珍しいらしい。時々、四国に向かう、特急列車に、アメリカ人と思われる旅行者が乗ってくるという。

特急「南風9号」は、こうした乗客を乗せて、定刻どおり一二時〇五分に、岡山駅を発車した。

岡山駅を発車した特急「南風9号」は、しばらくの間、陸上を走る。その陸上の最後の駅、児島《こじま》には一二時二七分に着く。この駅で、運転手がJR西日本からJR四国に交代して、列車は、いよいよ瀬戸大橋へと入っていく。

「南風９号」は、ディーゼル車両である。そのため、車のようなエンジン音がきこえるのだが、列車がいよいよ瀬戸大橋に入ると、車体に伝わってくる音が変わってしまうのである。低い金属音だ。

前方を見つめると、橋の上を、渡っているという感じではなかった。まるで、鉄柱と鉄線で作られたトンネルのなかを、突き進んでいくという感じである。

子どもたちが、これを見たら、あの劇画のように、空に向かって飛びあがっていく感じを受けるかもしれない。

鉄橋は、海上から約六十メートルの高さにある。漁船や、少しばかり大きい貨物船が、小さく見える。しばらく、金属音が続いて、世界一位と二位の長さを誇る大橋を渡る。

海上を走り切った「南風９号」は、四国に上陸する。今度は、緑の山のなかに入っていく。

四国の宣伝パンフレットに〈四国は青の世界〉という文言《もんごん》が、あった。これは、海の青のことを、いっているのだが、初めて列車で四国に入ると、たちまち山のなかにわけ入って、〈四国は青の世界〉というのは海の青さではなくて、青葉の青ではないかと、考えてしまうだろう。

そのうち、列車は、大歩危《おおぼけ》小歩危《こぼけ》の峡谷に入っていく。ますます四国の青は、青葉の青である。

大歩危小歩危の峡谷美を、楽しんでいるうちに、列車は、山間部を抜けて、周辺には、田畑が広がっていく。高知平野である。

一四時三五分、特急「南風9号」は後免《ごめん》駅に着く。

後免駅は、面白い駅名の話題になると、必ずといっていいほど出てくる駅である。「ごめん」という読み方が珍しいからだが、江戸時代のこの地方の人たちは、税を免じられたことから後免と呼ばれ、それがそのまま地名、駅名になったといわれている。

これから先、小さな駅がいくつかあるのだが、特急「南風9号」が停まるのは、終点の高知だけである。

車内の電光板に〈次は、終着の高知です〉という文字が流れると、気の早い乗客のなかには、立ちあがって、脱いでいたコートを着る者もいれば、何となく、帽子を直したりする者、棚に乗せていた荷物をおろす者など、降りる準備を、始めている。

ここまで特急「南風9号」は、時刻表どおり、順調に走ってきたのだが、次の瞬間、強烈な衝撃が特急「南風9号」を襲った。

車内のあちこちから、大きな悲鳴が、あがった。

大型ダンプカーが、突っこんできて特急「南風9号」は、一両目と二両目の車両が脱線し、横倒しになったのである。

2

大河内由美《おおこうちゆみ》、三十五歳が、静かに目を向けた。

途端《とたん》に、体中の痛みが、襲いかかってきた。思わず、呻《うめ》き声を、あげてしまう。

その呻き声で、白衣姿の男と、看護師姿の女が、部屋に、入ってきた。

「気がつきましたか？　痛みますか？」

白衣姿の男が覗きこみ、女のほうは、由美の脈を、診《み》ている。

どうやら、医者と看護師長らしい。

すぐ医者の指示で、師長が、鎮痛剤の、注射をした。それで、少しは、痛みが、消えて楽になった。

由美は、二人に向かって、

「ここは、どこですか？」

と、きいた。

「高知総合病院です。高知市内にある、病院ですよ」

医者がいい、師長が、

「高知駅の手前で特急『南風９号』が事故を起こして脱線したことは、覚えていらっしゃいますか？」

丁寧《ていねい》な口調で、きいた。

「ええ、グリーン車の座席に座っていたら、突然、大きな衝撃があって、座席から、投げ出されたことは、覚えているんですけど、それ以外のことは、何ひとつ、覚えていません。記憶がないんです」

その言葉どおり、由美は、その衝撃のあとのことは、何も、覚えていないのである。

師長が、説明してくれた。

「後免と高知の間にある、無人の踏切で、警報を無視して進入した大型のダンプカーが、特急列車に、突っこんでしまったんです。特急『南風９号』の一両目の車両に衝突して、その衝撃で、１号車と２号車は、脱線してしまいました」

「私の連れは、どうしました？　無事でしょうか？　一緒に乗っていたはずなんですけど」

「渡辺和正《わたなべかずまさ》さんですか？」

「ええ、そうです」

「お気の毒ですが、亡くなりました」

と、医者が、いった。

「あーあー」

という声しか、由美には、出すことができなかった。

「ほかにも、グリーン車では、もうひとりの方も、亡くなっています。あなたは、運がよかったんですよ」

と、師長が、いった。

「そうですか。でも、どうして、私は、助かったんでしょうか？」

と、由美が、きいた。

「これは、きいた話なんですけど、あなたは事故の時、跳《は》ね飛ばされて、壊《こわ》れた座席と床の間に、挟まれたらしいんですよ。自分では、動けなくなってしまっていたようですよ」

「それでは、私を助けてくださったのは、あの列車の車掌さんか、それとも、警察の方か何かですか？」

「いいえ、そうじゃないみたいですよ。これもきいた話ですけど、同じグリーン車に乗っていた三人組の男のお客さんが、いらっしゃいましてね。その三人の方が、力を合わせて、壊れた座席を、引き剝《は》がして、あなたを助け出し、救急車に乗せたと、ききましたよ」

「その三人の方たちは、今、どうなさって、いらっしゃるんですか？　この病院にいらっしゃいますか？」

「その三人も、軽い怪我を、されていたので、この病院にきて、簡単な、手当てを受けました。けれども、どうしても、いかなくてはいけない大切な仕事が、あるからといって、止めたんですけど、タクシーを、呼んで出ていってしまいました。でも、ちゃんと、名刺をいただいていますから、あとで、それをご覧になってください」

と、師長が、いった。

3

この日の事故について、警察と、JR四国の事故係が調査に当たり、それが夕刊に載《の》った。

〈四月十日十四時三十八分、後免駅と高知駅の間の踏切に、特急『南風9号』が差しかかった時、警報を無視した大型ダンプカーが猛スピードで突っこみ特急『南風9号』の先頭車両の横腹に、激突。1号車は大破して脱線、転覆した。その時、2号車も、引きずられるような形で脱線したため、線路上に残ったのは、3号車だけである。

脱線転覆した特急『南風9号』では、運転手が即死、グリーン車に乗っていた乗客二人が死亡、そのほか、列車全体で十二名の重軽傷者が出た。

踏切に、突っこんできた大型ダンプカーの、二十五歳の運転手も即死した。

事故後の捜査で、わかったのは、この二十五歳の若い運転手は、二十時間以上も、睡眠をとらずに、大型ダンプカーを運転し、土砂の運搬を、していたという。おそらく、運転中につい、眠ってしまって、警報が鳴っていることにも、気がつかず、そのまま、踏切に突っこんでしまったのが、事故の原因ではないかと、警察は見ている〉

グリーン車に、秘書の渡辺和正と一緒に乗っていたのは、現在、全国展開しているドラッグストアチェーンFJジャパンの、営業部長、大河内由美で、彼女は、高知に、出張する途中だった。

大河内由美は、秘書と一緒に、高知にいき、今まで支店のなかった高知に支店を出すとすれば、高知のどこに、出したらいいのか？ 支店としてふさわしい、物件があるかどうかを調べにいくはずだったのである。

その後、特急「南風9号」の脱線の模様は、テレビや新聞で詳《くわ》しく報じられた。大河内由美と一緒にいた秘書の渡辺和正が即死したのは、衝突の時、通路に立って、座っていた大河内由美に、話しかけていたからだと考えられる。衝突の衝撃で飛ばされ、窓ガラスに、頭から突っこんでしまったらしい。そのため、頭に、重傷を負い、亡くなったと、由美は、師長からきかされた。

由美は、そのあとで、

「私を助けてくださったという三人の男性の方たちですけど、どんな方たちなのか、わかりますか？」

と、きいた。

師長は、にっこり笑って、一枚の名刺を、由美に渡した。

その名刺を見ると「広島《ひろしま》テレビ」とあり、その下に「GOGO三人組」と書かれてあった。どうやら、広島テレビには「GOGO三人組」という番組が、あるらしい。

名刺には、三人の男の名前も、書かれてあった。

帽子の中島《なかじま》（中島尚樹《なおき》）

グラサンの岡本《おかもと》（岡本啓《けい》）

ノッポの酒井《さかい》（酒井善史《よしふみ》）

「この三人って、タレントさんですか？」

由美が、きいた。

「そうらしいですよ。何でも、高知のテレビから出演を頼まれていて、昨日の夕方、高知テレビに出なければならなかったというんです。病院に運ばれてきたものの、幸い、三人とも、軽い怪我だったので、すぐにタクシーで、高知市内のテレビ局に、向かわれています」

と、師長が、いった。

「では、今日も、高知テレビに出演なさっているんですか？」

「テレビ局にきいてみましょう」

と、師長がいった時、廊下で、大きな足音がきこえた。

4

（あれは間違いなく、伯父の足音だ）

と、由美は、思った。

伯父の、大河内孝雄《たかお》は、七十五歳。現在、全国展開をしているドラッグストアＦＪジャパンの会長である。

年齢の割には、背の高い大きな男で、体重も百キロを超えているだろう。いつも、その体重を乗せて、大股で歩くので、自然に足音が、大きくなるのである。

現在は、長男に社長職を譲って、自分は、会長になっているが、子どもは男ばかり三人で、女の子はいない。そのせいか、姪の由美を、小さい頃から自分の娘のように、可愛がっている。現在、由美の父は、ＦＪジャパンの営業担当役員になっている。

ドアが開く。

由美が思ったとおり、病室に入ってきたのは、やはり、伯父の大河内孝雄だった。

「おい、大丈夫か？」

大河内孝雄が、いった。

声も大きい。

「大丈夫です」

と、いってから、由美は、枕元にいる医者と師長を、伯父に紹介した。

「この方たちが、私を助けてくださったんです」

「これはどうも」

大河内孝雄が、二人に挨拶《あいさつ》し、普通の人の、二倍はありそうな大きさの名刺を、渡した。

名刺が大きいのは、裏側に、大河内が務めているさまざまな役職を、ひとつ残らず書き記《しる》して、いるからである。

医者は、大河内孝雄に向かって、

「私たちは、大河内由美さんが、救急車で運ばれてきたので、医者として必要な手当てをしただけです。私たちよりも、脱線転覆した特急『南風9号』のグリーン車に乗っていて、大河内由美さんを必死になって助けた人たちが、いるんですよ。その人たちが、本当は、大河内由美さんを助けた人たちですよ」

「誰なんだ？　それは」

と、大河内が、由美に、きく。

「この人たちが、そうなの」

由美は、問題の名刺を、伯父の大河内に渡した。

大河内は、それを見てから、

「タレントさんか？」

「ええ、そうです。この三人の方も、私と同じように特急『南風9号』に乗っていて、どうやら、怪我をされたみたいなんですけど、昨日、高知テレビの番組に、出演を依頼されていたので、軽い手当てをしただけで、仕事にいかれたそうなんです。それで、お礼をいうことができなくて、それが気になっているんです」

「それは、私が引き受けよう。君を助けてくれた命の恩人なんだろう？　それなら、相手がびっくりするようなお礼をしてやるよ」

　大河内が、いった。

「それから、秘書の渡辺さんが、亡くなってしまって」

　と、由美が、いう。

「そのことは、ここにくる途中できいた。会社として、できる限りの盛大な、葬儀をだしてやるつもりだ」

　その後、大河内は、東京から連れてきた、白井《しらい》という、三十代後半の渉外《しょうがい》課長に、目をやって、

「私の娘を、助けてくれたこの三人組のことを、すぐ調べてくれ。今、どこにいるかしりたいんだ」

　由美から受け取った名刺を、渡した。

　渉外課長は、急いで、病室を出ていくと、廊下で携帯電話を使っている。

　病室に残った大河内は、医者に向かって、

「この子は、私の実の娘のような存在なんですよ。その子の命を、助けてくださったことは、一生忘れません。この病院で何か必要なものがあれば、おっしゃって下さい。私のほうから、寄付させていただきたいと思っています。どんなことでも、遠慮

なく、おっしゃってください」

「ありがとうございます。私どもは、国立の病院ですので、必要なものは、すべて、国に要求して買ってもらうようにしていますから、ご心配いただかなくても、大丈夫です。お気持ちだけを、ありがたくいただいておきますよ」

と、医者がいったが、大河内は、そんな医者の言葉を、まったく意にかいさず、

「おっしゃるとおりかもしれませんが、しかし、今、どこの病院も、お金がなくて、困っているんでしょう？　でも最新の医療機器、あるいは、検査機器を買いたいのだが、なかなか買えないと、東京で病院をやっている友人に、きいたことがありますよ。この際、もし、この病院で、必要な機器があれば、お礼に寄付させていただきますよ。例《たと》えば、最新のガンの検査の機器とか、ほしいものは、いくらでも、あるでしょう？」

だんだん伯父の声が、大きくなっていく。

医者は、ますます、困った顔になって、

「わかりました。それでは、今、大河内さんがおっしゃった言葉を、そのまま院長に伝えておきましょう。残念ながら、私には医療機器の購入を決定する権限はありませんから」と、いったあとで、

「ほかに、負傷して、運ばれてきた患者さんがおりますので、失礼させていただきます」

と、いい、あとのことを師長に頼んで、病室を出ていった。

しばらくすると、廊下で携帯をかけていた渉外課長の白井が、病室に、戻ってきた。

「名刺の三人組ですが、今日も、高知テレビに、出演するそうです。予定されていた番組は、昨日ですんだのですが、今晩六時の『今日の一日』というニュース番組で、彼らがたまたま乗り合わせた特急『南風9号』の脱線転覆事故についての、特集を企画していて、それに出演して、事故の時の様子を、話すことになっているそうです」

「それなら、君はすぐ、高知テレビに、いってきなさい。この三人に挨拶をして、名刺を渡し、何かほしいものがあれば、お礼として、プレゼントしたい。そういって、何がほしいのかを、きいてくるんだ。地方の、テレビタレントなんだ。ひとり当たり百万円くらいのお礼をしたら、大喜びするだろう。だから、そのぐらいの腹積もりで、話をしてきなさい」

大河内が、命令した。

5

渉外課長の白井は、病院の玄関で、タクシーを拾うと、

「高知テレビ」

と、運転手に、いった。

白井は、大学を、出るとすぐFJジャパンに就職した。それは、当時社長だった大河内孝雄の生き方が、雑誌に、紹介されていて、共感したからである。

とにかく、大きなことをいう社長である。そのため、時には、大ぼら吹きという批判を、受けることもあったが、誰が何といおうと、それを実行に移してしまうのだから、大したものだと、白井は、今も会長を尊敬していた。

ただし、何でも金の力で解決しようとするやり方には、なじめないこともあるのだがFJジャパンで、十五年も働いていると、

（世の中は、何だかんだといっても、最後に物をいうのはやっぱり金なんだ）

自然に考えるようになっていった。

例えばFJジャパンの社員のなかに、うつ病にかかって、自殺してしまった男がい

る。当時社長の、大河内の叱咤激励《しったげきれい》にあおられて、うつ病に、かかってしまい、自殺してしまった三十歳の社員だが、自殺の原因は、会社の、というより社長だった大河内の「働け、働け」という強引な、命令だったとして、遺族が慰謝料を求めてＦＪジャパンと大河内を訴えたのである。

それでも大河内は、まったくひるまなかった。裁判沙汰《ざた》になって、証言を、求められると、

「とにかく、ほかの人間と、同じことをやっていては、出世もできないし、収入も、多くなりませんよ。人よりいい暮らしをしようと思ったら、人一倍、働かなくてはならんのですよ。それ以外には、サラリーマンには、出世の方法なんてありません」

と、主張した。

結局、この訴訟には、会社も、大河内も負けてしまったのだが、そばで見ていた白井は、勝つにしても、負けるにしても、結局、最後は金で解決することになるのだと思うようになった。

自殺した社員の家族に向かって、どんなに社長が詫《わ》びて、涙を流したとしても、結局は、何の救いにもならないのである。そうなれば、これはもう、金で解決するよりほかに、方法はない。

そのことが、白井には、よくわかってきた。だから、今日、会長が、ひとり当たり百万円も出せばいいだろうといったときも、別に驚きもしなかったし、何の抵抗も、感じなかった。

誠意を見せろといわれても、結局、金の力、つまり、金額でしか、誠意を見せることはできないのである。

高知テレビに着くと、白井はまず広報担当者に会って、三人組の名前をいい、

「今、この人たちが、どこで何をしているか、わかりますか?」

「今日の夕方六時からの、ニュース番組に出ることになっています。それまで、高知市内の名所を見たり、食事をしてくるとおっしゃって、さっき、三人で、出かけましたよ。今どこにいるのか、きいてみましょう」

そういって、広報担当者は、三人組のひとりの携帯に、電話をしてくれた。

「今、高知駅の近くにいるそうで、昼食には、市内の有名な、海鮮料理の店を予約してあるといっていました。今から、そちらにいくそうです。直接その店にいかれたら、この三人とお会いになれると思いますが……。『土佐《とさ》っ子一番』という名前の店ですよ」

広報担当者が、いうので、白井が、その場所を、きくと、

「タクシーに乗って、この店の名前をいえば、そこまで案内してくれます。高知市内では有名な店なので、運転手なら、誰でもしっていますから」

広報担当者とわかれ、白井が、タクシーに乗って、運転手に、

「『土佐っ子一番』まで、お願いします。場所、わかりますか？」

と、いうと、運転手は、

「ええ、わかりますよ」

と、いって、アクセルを、踏んだ。

二十分もすると、その「土佐っ子一番」という店に、着いた。

店のフロントで、白井は、三人組の名刺を渡し、

「この三人組にお会いしたいと、伝えてください」

三人組は、二階の個室で、昼食を取っているときかされ、そこに、案内してもらうことにした。

店の人に、案内されて、白井が部屋に入っていくと、なぜか、そこにいた三人は、ひとりが脱いでいた帽子をかぶり、もうひとりのいちばん年長に見える男は、ポケットからサングラスを取り出してかけ、三人目は、背の高い男だったが、なぜか指をぱちんと、鳴らした。

「私は、全国でチェーン展開しておりますドラッグストアFJジャパンで渉外課長をしております白井といいます。特急『南風9号』の事故の時、皆さんに、助けていただいたのは、うちの営業部長の、大河内由美でございます。彼女の伯父である、会長の大河内孝雄が、すぐにお礼にうかがえと申しましたので、こうして、参上いたしました」

と、白井が、真面目な顔で挨拶すると、三人が、それぞれ、ちょっとおどけながら、自己紹介をした。

ひとりが、帽子の中島、サングラスの男は、グラサンの岡本と、いい、指をぱちんと鳴らした男は、

「ノッポの酒井です」

三人のなかで、いちばんの、年長者に見えるグラサンの岡本が、白井に向かって、

「お礼だなんて、とんでもありません。誰だって、ああいう状況のなかにいれば、座席の下敷きになっている女性を、助けようとするはずです」

「しかし、うちの会長が、ぜひとも、何かお礼をしたいと、申しておりますので、ご遠慮なさらずおっしゃってください」

「いや、お礼などは要《い》りません。私たちは、そんなことのために、あの女性を、助け

たんじゃありませんから」

　と、ノッポの酒井と名乗った男が、いい、言葉を続けて、

「今になって気がついたのですが、どうやら、左足を亀裂《きれつ》骨折しているらしいんですよ。これで、しばらくは、テレビに出られません。僕にしてみれば、このことが死ぬほど悔しいのですよ」

　帽子の中島と、名乗った男は、三人のなかで、いちばん小柄だが、

「酒井さんは、骨折だから、せいぜい、一カ月もすればよくなるだろうけど、俺のほうは、事故のあと、どうにも、胸が苦しくてね。とにかく、広島に帰ったら、医者に診てもらおうと思っているんだ」

　その帽子の中島に向かって、グラサンの岡本が、

「肋骨《ろっこつ》が二、三本、折れているんじゃないのか？」

　と、いい、ノッポの酒井が、グラサンの岡本に向かって、

「あんたは、なんともないのか？　どこも痛くはないのか？」

「なんともない。と、いいたいところだが、昨日から、メガネをかけると、どうも、頭が痛くなるんだ」

「メガネの度が、合ってないいんじゃないのか？」

と、帽子の中島が、いう。

「そんなことはないよ。ついこの間、視力の検査を、したばかりだからね。度はちゃんと、合っているんだ。ひょっとすると、脳の神経のどこかを、やられたかもしれない。それで目の焦点が、合わないいんじゃないかと思うんだけどね」

と、グラサンの岡本が、いった。

「焦点が合わないのか？」

「ああ、そうだ」

「ひょっとすると、あんたが、いちばんの重傷かも、しれないぞ」

脅《おど》かすように、ノッポの酒井が、いった。

「どうして？」

「脳の神経の、どこかが、やられたんだ。目には、たくさんの神経が集まっているというからね。衝突の時に、頭を打ったんじゃないのか？　それで目の神経が、損傷してしまったとすると、眼科よりも脳外科の先生に診てもらったほうが、いいかもしれないな。それも、早いほうがいいぞ。目が見えなくなったら、タレントとしてはおしまいだからな」

ノッポの酒井が、盛んに脅かしている。

そんな三人の話を、黙って、きいていた白井は、

「今、皆さんのお話をおききしましたが、やっぱり、あなた方も、衝突のショックで、あちこち体を痛めてしまっているんじゃありませんか？　私は、会長の大河内に、命じられて、ここにきましたので、何か必要なものとか、ほしいものがあれば、遠慮なく、いっていただけませんか？　金額をいっては、申しわけないとも思いますが、会長は、おひとり百万円くらいなら喜んで、お礼をしたいと、申しております」

と、いうと、

「いいですか、その会長さんに、おっしゃってくださいよ」

ノッポの酒井が、急に、強い口調で、いった。

そのいい方に、白井のほうが、びっくりしてしまったが、ノッポの酒井は、構わずに、

「とにかく、お礼がほしくて、女性を助けたんじゃありませんよ。それに、われわれは困っていたって、人に、助けを求めたことなんて、これまでに、一度もありません。帰って会長さんに、いってください。お礼なんて、必要ない。われわれは、そんなものをほしいなんて、少しも思っていません。そういってくださいよ」

と、大きな声で、いった。

白井は、相手に、まさか、こんなに強く拒否されるとは、思っていなかったので、慌《あわ》ててしまった。

「うちの会社は、東京に本社があります。皆さんは、仕事で、東京にこられることもおありになるのでしょう？　その時に、ぜひ、うちの会社に、電話をください。お役に立てることがあれば、何でも、喜んでお手伝いしますから」

「東京での仕事といっても、最近は、東京にいくことがほとんどないね。おそらく、ここ半年くらいは、東京のテレビには、出ていないんじゃないかな？」

グラサンの岡本が、いう。

「うちらが所属している、プロダクションの社長なんかは、とにかく、全国的なタレントになれ。そのためには、東京のテレビにどんどん出られるようにならなくちゃ駄目だと、いつも、そんなふうに僕たちを煽《あお》っているんですけどね。こちらとしては、無理をしてまで、東京にはいきたくないんです。広島で仕事ができれば、充分だと、思っているんですよ。三人とも、三十をすぎていて、そんなに、若くありませんしね。東京で、一旗揚《ひとはたあ》げてやろうなんていう、そんな野心は、あまり持っていないんですよ」

グラサンの岡本の言葉に、ノッポの酒井が、大きくうなずいて、

「会長さんのお言葉は、ありがたくおききしました。どうか、われわれ三人のことは、忘れてください。とにかく、あの列車事故は、偶然の、出来事なんですから。事故が起こったのも、偶然なら、娘さんを助けたのも偶然。大したことじゃない。僕たちは、そう思っているると、会長さんに、お伝えください」

と、いった。

三人が、強固に固辞《こじ》するので、白井は、仕方なく、大河内孝雄の待つ病院に戻ることにした。

6

白井が病院に戻ると、待っていた大河内孝雄が、

「どうした？　例の三人組には、会えたのか？」

「高知テレビの、広報担当者に居場所をききまして、高知市内で、昼食中の、三人の方に会ってきました」

「それで、こちらの意向は、ちゃんと、伝えたのか？」

「ええ、伝えました」

「それで?」

「あの列車事故は偶然で、あんな場面に出会ったら、誰だって、一生懸命に、怪我した人を助けようと、するでしょう。人間として当たり前の行為だ。だから、お礼なんて、必要ありませんと、三人に、いわれました」

「むむ」

と、大河内は、鼻を鳴らしてから、

「ひとり当たり、百万円として、三百万円くらいのお礼をしたい。三人に、ちゃんといったのか?」

「最初は、はっきりとは、いいませんでしたが」

「だから、向こうは、断ったんだよ。お礼がしたいといったって、つまらないものをもらうのも、癪《しゃく》に障《さわ》る。相手は、タレントなんだからね。それぐらいの自尊心は持っているんだ。だから、こちらが、お礼として考えている金額を、ちゃんといわなきゃ駄目だよ」

「最後には、ひとり百万円ぐらいを、考えていると、金額をちゃんといいました」

「そうしたらどうなった? 相手は、喜んだだろう?」

「いいえ、三人のうちのひとりに、怒鳴《どな》られてしまいました」

「怒鳴られた？　どうして？」

「たぶん、私が、お礼の金額を、いったことに腹を立てたんじゃありませんか？　そんなつもりで、助けたんじゃない。そういって、怒鳴られて、食事をしていた部屋から、追い出されました」

「どうにもわからんな」

大河内が、首をかしげる。

そんな態度の大河内に向かって、ベッドに寝ていた、大河内由美が、体を起こして、

「それは、相手に、お金のことなんかをいったからですよ」

「そうかね？」

「そうですよ。それで、三人の方は、気を、悪くしてしまったんですよ」

「それじゃあ、この三人に、いったい、何がほしいかを、向こうから、いわせたほうが、いいのかね？」

と、大河内が、きく。

「それじゃ駄目でしょう。おそらく、そんなことをしたら、三人の方は、もっと、怒ってしまうと思いますよ」

「どうにも、わからんね」

　大河内と、話をしていた由美が、白井に、目をやって、

「ちょっと考えていたんですけど、この三人の方、たしか、広島の、テレビに出ていらっしゃるんでしたよね？」

　と、きいた。

「ええ、そうです」

「それなら、東京のテレビ局の全国ネットの番組に、出たいということはないのかしら？」

　由美が、きくと、白井が、やっと、救われた顔になって、

「実は、私もそう思ったので、東京のテレビに出る気は、ありませんかと、きいてみたんです」

「そうしたら？」

「やはり三人とも、広島だけではなくて、全国で名前を売りたいことは、売りたい。そういっていましたよ」

「それじゃあ、そのほうで、お礼をすればいいんじゃないかと、思います。そうすれば、三人の方も、きっと喜ぶんじゃないかしら」

由美が、大河内に向かって、いった。

「それなら、いったい、何をしたらいいんだ？」

「今、うちが流している、コマーシャルがあるじゃありませんか？　あのコマーシャルは、たしか、全国ネットで、テレビ放送しているはずですよ」

「たしかに、あれは全国規模のコマーシャルだが」

「それに、この三人の方を、出してあげたら、きっと、喜ぶと思うんですけど」

「馬鹿なことを、いっちゃいけない」

大河内が、大きな声を出した。

「馬鹿なこと？　どうして？」

「今、うちのコマーシャルに、出ているのは、誰もがしっている有名タレントだよ。わが社の顔だ。あの広島の三人組は、たしかに、地元の、広島じゃ有名人かもしれないが、全国で名前をいっても、誰も、しらんだろう？　私もしらなかったし、白井課長もしらなかった。それに、命を助けられた君だって、しらなかったはずだ」

「ええ、たしかに、まったくしりませんでした。だからこそ、お礼としては、いちばんいいんですよ。今、東京で、活躍しているタレントさんだったら、東京のテレビに、出してあげるといったって、何のメリットもないでしょう？　その点、あの三人の方は、いつか東京に出たいと、いっているそうだから、コマーシャルだけでも喜ぶと思いますよ。ぜひ、そうしてください」

と、由美が、いった。

「しかしだね、無名の三人組が、コマーシャルに出たら、せっかくの、コマーシャルの効果は、ゼロになってしまうんじゃないのかね？　それに、今うちのコマーシャルに出ている有名な女優や人気お笑いタレントは、もう、何年も前から出てもらっている。だから、彼らをコマーシャルから、おろすこともできないし、どうしたらいいのかね？」

と、大河内が、いう。

「そのことは、青木《あおき》さんに、相談してみてください。あの青木さんは、頭がいいから、無名の三人だって、上手く、使ってくれますよ」

と、由美が、いった。

7

その頃、三人の男たちは、昼食をすませて、近くの喫茶店で、コーヒーを飲んでいた。

「あれは、少しばかり、まずかったんじゃないのか？」

グラサンの岡本が、ノッポの酒井に、いった。

「まずかったって、何が？」

ノッポの酒井が、きく。

「わざわざ、東京からきて、お礼に、何か差しあげたいと、いってくれたじゃないか？　それを、あんたが、断ってしまった。断らなければ、ひとり当たり百万円はもらうことができたのに、これじゃあ、パーじゃないか」

「いや、必ずしも、そうじゃないね。ああいう時には、断れば断るほど、俺たちの値打ちが、あがっていくものなんだ。みんな、仮病の話まで、調子を合わしてたな」

ノッポの酒井が、自信満々にいう。

「しかし」

と、いちばん若い、帽子の中島が、ノッポの酒井に、いった。

「あれで、お礼は、要らないのかと思って、そのまま、東京に帰ってしまったら、どうするんだ？」

「絶対に、それはないと、断言できる。賭《か》けてもいい」

「どうして？　人の心なんて、わからないもんだぞ」

「実はね、以前に、助けた女のことを、何かの週刊誌で、読んだことがあるんだ。会長の、大河内と一緒に写真に写っていたよ。大河内というのは、今、全国でチェーン展開している、ドラッグストアのオーナーだ。その時の週刊誌で、大河内には三人、男の子供がいるが、女の子は、できなかった。それで、姪のあの娘のことを、実の娘のように、溺愛《できあい》している。そんなふうに、書いてあった。俺は、そのことを、思い出していたんだ。今もいったように、俺たちが断っても、あの娘は、俺たちに何か、お礼をしたいと、絶対に、思っているはずだ」

「でも、人の気持ちなんて、本当にわからないぞ。俺たちが、お礼なんか、何も要らないと、頑《かたく》なに断ったものだから、そこまで、固辞するのなら、それはそれで、仕方がないと、俺たちのことなんか忘れて、さっさと、東京に帰ってしまうかもしれないぞ」

「もう一度いうぞ。あの大河内という会長は、姪だという、あの女のことを娘のように、溺愛しているんだ。それに、全国規模で、大々的に展開しているドラッグストアのチェーン店の、会長でもある。それだけの金があり、地位もある会長が、溺愛している娘の、命の恩人に対して、何のお礼もしないで東京に、帰ってしまったら、これはこれで、メディアに批判されて、徹底的に、叩《たた》かれてしまう。だから、会長にしても、今回の、列車事故のことで、チェーン店の評判を落とすようなことは、絶対に、したくないと思っているはずなんだ」

「それじゃあ、ひとり当たり、二百万円の、お礼をしたいといわれたらどうするんだ？　承知するのか？」

グラサンの岡本が、いった。

「駄目だ。ノーだ」

ノッポの酒井が簡単に否定する。

「それじゃあ、ひとり三百万円ならどうするんだ？　ＯＫするのか？」

「いや、もちろん、ノーだ」

「それなら、五百万なら？」

「いいか、相手が、いくらいくらと、具体的な金額をいっているうちは、五百万だろうが、一千万だろうが駄目だ。ノーといって、すべて拒否するんだ」

「どうして？」

「高い額の金を、もらったとわかれば、俺たちは、お金がほしくて、あの娘を助けたんだといわれるに、決まっている。そうなれば、俺たちの人気はゼロになる。そんな目には、遭《あ》いたくないだろう？」

「それじゃあ、どうなったら承知するんだ？」

「あの会社は、全国のテレビに流す自分たちのコマーシャルを持っているし、水曜日の人気ドラマや木曜日のバラエティのスポンサーにもなっている。そのどちらかに、出てくれといわれたら、その時に初めて、承知するんだ」

ノッポの酒井が、いった。

「たしかに、コマーシャルも、ドラマも魅力的だ。どちらにしても、それに出られるのなら万々歳《ばんばんざい》だが、しかし、そんなことが、上手《うま》くいくのか？」

帽子の中島が、きいた。

「俺たちに、会いにきた男がいるじゃないか？　名刺によれば、あの大会社の東京本社にいる、渉外課長という肩書きがついていた。その白井という課長が帰る時に、俺たちに向かって、東京でテレビに出る気はありますかと、きいただろう？」

「ああ、それは、覚えている。でも、それも、断ったじゃないか？」

「ああ、たしかに、断った。しかし、ただ、断っただけじゃない。東京のテレビに出る気はある。全国で、有名になりたいという気持ちもある。しかし、俺たちは、そんなことのために、娘さんを助けたんじゃないといっておいた。簡単に飛びつくより、断ったほうが、インパクトがあるんだ。だから、あの渉外課長は、病院に戻ってから、あの娘や会長に向かって、そのことをいっているはずだよ」

「絶対に、東京のテレビに出る話を、向こうから、持ってくるのか？」

半信半疑の顔で、グラサンの岡本が、きいた。

「ああ、必ず、その話を持って、もう一度、あの渉外課長が、俺たちに会いにくる」

「自信満々だけど、どうして、そんなに、自信があるんだ」

「今もいったじゃないか。断れば断るほど、俺たちの値打ちが、あがるんだ。それに、ＯＫすることより、拒否したことのほうが、相手には、強い印象として、残るんだよ。上手くいけば、こっちからは、何もいわなくても、向こうのほうから、東京のテレビに、出ませんかといってくるさ」

「それが、駄目になったら？」

「それはないと思うが、そのときにはＦＪジャパンのことを、娘を助けられても、お礼をしない礼儀しらずだと、徹底的に、叩いてやるさ」

「ひょっとすると」

グラサンの岡本が、ノッポの酒井に、向かって、いった。

「ひょっとすると、あんたが、いちばんのワルかもしれないな」

第二章　東京へ

1

広島に帰った三人組に、東京から、丁重《ていちょう》な手紙、というよりも、招待状が届いた。差出人の名前は、株式会社ＦＪジャパン会長、大河内孝雄である。

〈私は、大河内孝雄です。皆様が助けてくださった大河内由美の伯父であり、ＦＪジャパンの、会長でもあります。

一週間以内に、ぜひ皆様にお会いしたいと思って、お手紙を、差しあげました。できれば、その間に東京にきてくだされば、私も東京の本社におりますので、お会いできると確信しております。

ぜひ、東京の本社に、私、大河内を訪ねてきてくだされば、嬉《うれ》しく存じます。その時には、皆様と今後のことについてお話ししたいと思っております〉

「予想どおり、FJジャパンの会長から、届きましたよ。嬉しい招待状が」

グラサンの岡本が、嬉しそうに、笑った。

帽子の中島は、グラサンの岡本に比べれば、慎重派だから、

「そんなに大喜びするなよ。これが、どんな話になっていくのか、まだわからないじゃないか？」

「いや、大丈夫だ。俺たちの望みが成就《じょうじゅ》する、その成功への招待状だよ。間違いない」

と、ノッポの酒井が、いった。

「どうして、そんなことが、いえるんだ？　第一、手紙のなかには、そんなことは、一行も書かれていないじゃないか？　ただ、会いたいと書いてあるだけだ」

と、帽子の中島が、いう。

「俺たちは、お金は要らないと主張した。だから、この招待状は、本社に俺たちを呼んで、お金ではない、嬉しいことを、約束してくれるはずだ。ちゃんと今後のことに

ついて話し合いたいと書いてある」

「だったら、いったい、この会長は、どんな話を、俺たちにするつもりなんだ？」

「礼金の話じゃないんだ。そうなら、どういう話になるのか、だいたい、見当がつくじゃないか」

「もしかすると、高価な、腕時計をくれるということかもしれないぞ」

グラサンの岡本が、夢のないことをいった。

「腕時計って？」

「ブランド物の、腕時計を三つ揃《そろ》える。腕時計の裏蓋《うらぶた》に、何月何日、大河内由美を助けてくださったお礼として贈呈。おそらく、そんな文言《もんごん》が刻まれているんだ。これから、東京にいくと、会長が恭《うやうや》しく、ケースに入った、ブランド物の時計をくれるかもしれないぞ」

「でも、腕時計なら、ぜいぜい百万円くらいのものだろう？」

「いや、お金でもないし、ブランド物の腕時計でもない。そんなことは、まずあり得ないと思うね」

ノッポの酒井が、自信満々に、二人に、いった。

「どうして、そう、いえるんだ？」

「腕時計で、ごまかすつもりなら、高知で会った白井という、渉外課長がいたじゃないか。あの渉外課長に、ブランド物の腕時計を、三点持たせて、この広島に向かわせれば、それですべて、すんでしまうんだ。わざわざ、東京から持ってこられたら、そんなものは、要らないと突っ返すわけにも、いかなくなる。それで、話は、終わりだよ。でも、今回は違う。わざわざ、俺たちに、東京に出てこいといっているんだ」

「なるほど。そうかもしれないが、じゃあ、何をくれるんだ？」

「この手紙のなかに、今後のことをお話ししたいと書いてあるだろう。だから、俺たちを呼んで、喜ぶようなことを約束するつもりだと思うよ。このＦＪジャパンの会長の大河内孝雄は」

　相変わらず、ノッポの酒井は、自信満々である。

「それで、具体的に、どういうことだと、考えているんだ？」

　と、帽子の中島が、きいた。

「俺は、株式会社ＦＪジャパンが、今、どんなことを、テレビでやっているのかを、調べてみた」

「それで？」

「第一が、テレビに、会社のコマーシャルを出している。このコマーシャルには、有名な女優や、人気のある、お笑いタレントが使われている。もうひとつは、毎週水曜日に、ＦＪジャパンがスポンサーになって、東京の、中央テレビでドラマをやっている。午後九時からの、いわゆるゴールデンタイムだ、木曜日にはバラエティをやったりしている。現在、ＦＪジャパンが、関係しているテレビ番組というと、この二つだ。たぶん、この二つのどちらかに、俺たちを使おうというのかもしれない。それに、出してやれば、俺たちが、喜ぶだろうと会長が考えているとしたら、東京の本社にいけば、必ず、この話になるはずだよ」

「俺たちも、広島のテレビでレギュラー番組を、持っているから、そんなに長くは、東京に、いっているわけにはいかないよ。いちばん、楽なのは、ＦＪジャパンの、コマーシャルに出ることだね」

グラサンの岡本が、いった。

「いや、それはない」

帽子の中島があっさり、否定した。

「どうして？」

「俺たちはまだ、全国では無名だ。そんな俺たちを、いきなり、コマーシャルに使うとは思えないからだ」

「じゃあ、もうひとつのほうか？」

「俺たちが、出られるとしても、毎週水曜日のゴールデンタイムだろう」

「しかし、そんなに上手い話になるかね？　向こうだって、水曜日のドラマや木曜日のバラエティに、いきなり俺たちを出すわけにもいかないだろう？」

グラサンの岡本が、弱気を見せると、ノッポの酒井は、相変わらず強気で、

「俺は東京で、大河内会長から何か、話があるとすれば、水曜日のゴールデンタイムのドラマへの出演の話しかあり得ないだろうと、睨《にら》んでいるんだ。たぶん、バラエティのほうではなくて、ドラマのほうだと思っている」

「どうして、俺たちを、水曜日のドラマに抜擢《ばってき》すると考えるんだ？　何か理由があるのか？」

「バラエティのほうは、毎回十七、八パーセント近い視聴率を、取っている。いわゆる人気番組だから、やめてしまうわけにはいかないだろう。その点、ドラマのほうは、視聴率が、十パーセント前後をいったり、きたりしている。したがって、これまで、続いてきたドラマを中止して、新しいドラマを始めようではないか、そんな話が、出ているということも、きいたことがあるんだ。それに、水曜日の、午後九時からの二時間という枠《わく》のなかで、ＦＪジャパンがやっている、ドラマというのは、毎回

一話完結なんだよ。連続ドラマじゃないんだ。だから、その時間帯に、俺たち三人をほうりこむことは、難しいことじゃないだろう。俺は、そう思っている。形としては、単発のドラマだから、俺たちを使うのなら、おそらく、水曜日のドラマのほうだよ」

「それって、少しばかり、楽観的すぎるんじゃないのか？」

グラサンの岡本も、帽子の中島も、ノッポの酒井を見て、首をかしげた。

「いや、絶対に、ドラマ出演の話だ。間違いない」

酒井が、自信満々に、いった。

2

二日後の木曜日に、東京の、ＦＪジャパン本社を訪ねるという返事をしておいて、三人は、自分たちが、広島のテレビで出演している何本かの、ＤＶＤを持って、上京した。

株式会社ＦＪジャパンの本社は、東京駅八重洲口《やえすぐち》の前にあった。二十八階建てのビルには、ＦＪビルという名前がつけられている。

三人は、ビルに入る前に、通りの反対側から、二十八階建てのビルを眺めた。

「このビル全体が、ＦＪジャパンの、本社なのか？」

「ああ、そうらしい」

「大したもんだな。これなら、俺たちを週一回、ドラマに出して、ギャラを払っても、痛くも痒《かゆ》くも、ないだろうね」

「まあ、最初から主役は無理だから、脇役から入っていくんだろうな」

「当然、そうなるだろうね」

「三人一緒に出られるといいが」

「誰かひとりか二人ということはないはずだ。俺たちは、いわば、三人でワンパックだからな」

「そうじゃなかったら、どうするんだ？」

「俺が、マネージャーを兼ねているので、三人一緒に、出していただきたい。そうでなければ、断るつもりだ。俺は、ちゃんとそういうつもりだよ」

ノッポの酒井は、ビルを睨むようにして、いった。

三人は、勝手なことをしゃべりながら通りを渡り、ＦＪビルのなかに、入っていった。

一階のインフォメーションセンターで、招待状を見せると、

「お待ちいたしておりました」

制服姿の、若い女性がいい、三人はすぐ、エレベーターで、二十階にある応接室に、通された。

「こちらでお待ちください」

と、女性が、いった。

広い部屋である。

FJジャパンは、現在、ドラッグストアのチェーン店を、日本中の百カ所以上に持っている。ドラッグストアとはいっても、アメリカと同じで、薬だけを扱っているのではなくて、さまざまな日用品も、扱っている。

三人が通された応接室の棚には、現在、FJジャパンが扱っている商品が、ズラリと並んでいた。

また、部屋の壁には、毎週水曜日と木曜日の午後九時から、中央テレビがやっている、ドラマやバラエティ番組の写真がかかっていたり、コマーシャルの大きなパネルが、飾られていたりする。

二、三分ほど待っていると、ドアが開いて、会長の大河内孝雄と中年の社員が入っ

てきた。

大きな体つきの大河内会長は、三人に向かって、

「お忙しいのに、わざわざ、東京までよくきてくださいました」

と、大きな声でいい、続けて、

「あなた方に、助けられた姪の由美も、ぜひ、皆さんにお会いして、改めてお礼をいいたいといっていたのですが、急に、抜けられない仕事が、入ってしまいましてね。何しろ、由美は、うちの、営業部長ですので。それで、私に、納得のいく、お礼をしてあげてくださいねと、いい残して、昨日、タイに出発してしまいました」

「大河内由美さんは、タイにどんな仕事でいかれたんですか？」

と、ノッポの酒井が、きいた。

「今回、タイのバンコクに、うちの支店を出すことになりましてね。その交渉に、出かけました。あ、それから、ご紹介が、遅れましたが、こちらは、企画室長の青木です」

大河内は、一緒にきた、中年の男を紹介した。

その青木が、三人に、名刺をくれた。

名刺には、

企画室長　青木要《かなめ》

と、あった。

会長の大河内は、青木に向かって、

「私は、できる限り皆さんの望むことを、お礼に差しあげたいと、思っている。それが、私の希望でもあるし、助けてもらった由美の願いでもある。だから、君は、この三人の方の、希望をよくきいて、話が決まったら、私に報告しなさい」

と、いい、青木と三人組を残して、応接室を出ていった。

3

三人組と、青木企画室長とは、丸テーブルを囲んで、話し合いが始まった。

青木室長が、いった。

「どんなことでも、わが社ができることなら、皆さんの望むことをして差しあげなさいと、会長に、いわれています。皆さんは、お金は必要ない。唯一《ゆいいつ》、希望されているのは、東京のテレビに出演して、全国に名前を、しられるような有名なタレントになりたい。そういわれたそうなので、私も、その点を考えました。今、わが社がテレビに関係しているのは、コマーシャルをやる時と、毎週水曜日のドラマと木曜日のバラエティです。ですから、皆さん方に、その、どちらかに、出ていただければ、会長も営業部長も、喜ぶと思います」

三人組は黙って、青木の言葉を、じっときいている。

東京にいって、ＦＪジャパンとの話し合いになった時、こちらから、あれこれ希望をいったりすれば、逆に、チャンスを失ってしまうことにもなりかねない。だから、こちらからは、極力黙っていよう。そうすれば、向こうが、勝手に、こちらを喜ばせようとして、大きな約束をしてくれる。

これは、マネージャーを兼ねているノッポの酒井の考えで、ほかの二人も賛成して、まず相手の話をきくことにしたのである。

「まず、わが社がやっているコマーシャルのほうですが、申しわけありませんが、現在、誰もがしっている有名タレントが、何年も続けてやっています。現在、このタレントとは長期の、契約になっていますから、今すぐに、それを破って、皆さんをコマーシャルに出すというわけにはいかないのです」

「――」

「それで、こちらとしても考えまして、水曜日の、中央テレビのゴールデンタイム、ここはドラマをやっているのですが、会長が、こう申されました。そのドラマに、皆さんを、出したらどうか？　皆さんが、納得して下されば、その線でいこうと、会長は、申しておられるのです。それで、毎週水曜日、中央テレビの、午後九時からのドラマにまず、出演することを、考えていただきたいのですよ。いかがですか？」

「ありがとうございます。もちろん、喜んで出させていただきます」

ノッポの酒井が、やっと、声を出した。

ほかの二人も、嬉しさを隠して、うなずいていた。青木のほうが、ほっとした表情になって、

「それで、皆さん方で、東京で何か、面白いことを始めるというストーリイを考えました。どうでしょう？　皆さん方を、広島の人間として面白いことを東京で始めたことにしては、と考えました。もちろん、そちらに考えがあれば、それをストーリイに入れて下さい。会長には、こういわれて、いるんです。とにかく、一刻も早く、皆さんを、有名にしろ、誰もが名前をしっているタレントにしろと、いわれているのです。それも、期限を切られましてね。今年中に、必ず有名にしろといわれているんで

す。そこで、私の案としては、皆さんを広島のタレントということを、売り物にしたい。広島というと、一般の人は、どんなことを、思い出すでしょうか？」

「広島といったら、何といっても、お好み焼きかな」

グラサンの岡本が、いうと、

「そうだな。あとは、牡蠣《かき》じゃないかな」

と、帽子の中島が、いう。

ノッポの酒井は、怒って、

「これから、この会社がスポンサーになっている毎週水曜日のドラマに俺たちを出演させてくださるんだぞ。それなのに、食い物の話ばかりして、どうするんだ？　もう少し、真面目に考えろよ。広島といったら、まず最初は、何といっても原爆だよ」

「そうか。それに、厳島《いつくしま》神社。何しろ、世界遺産だからな」

グラサンの岡本が、いった。

「たしかに、広島といえば、原爆も厳島神社も大事ですが、ドラマオンリーで考えると、原爆も、厳島神社も重すぎますね」

青木が、いった。

「重すぎますか？」

「実は、テレビドラマの名手といわれる先生と話したことがあるんです。その時、先生が、テレビドラマの主人公は、英雄豪傑より、平凡な人間のほうがいい。ただ、ちょっとした特長を持たせると面白いといわれました。それで、皆さんが広島の出身というので、それを特長にできないかと思いまして」

「それで広島ですか？」

「広島というと、私なんかが最初に思い浮かべるのは、一時、日本映画を席巻《せっけん》したドラマが、あったじゃないですか？　あれを思い出してしまうんですよ」

「俺なんかは、昔から、映画が好きだから、広島というと、例の『仁義なき戦い』になるね」

「ヤクザ映画ですね」

と、青木が、いった。

「そうですよ。だからといって、俺たちに、ヤクザをやらせたって、上手《うま》くいきっこありませんよ」

帽子の中島が、青木に、いう。

「どうしてですか？」

「何しろ、俺たち三人の顔を、よく見てくださいよ。どう見たって、お笑いの顔でしょう？　ヤクザの顔じゃありませんよ。しまりがないんです。岡本だって、サングラスをかけて、それで、人を怖がらせようなんて気持ちは、まったくないんですよ。いってみれば、見栄《みえ》というか、シャレで、サングラスをかけているんですからね」

帽子の中島がいうと、青木企画室長が、笑った。

「皆さんに、ヤクザを、やってもらおうなんて、まったく、考えていませんよ」

「しかし、俺たちが『仁義なき戦い』の映画のことを、いったら、きらりと目を光らせたじゃありませんか？」

「光りましたか？　私としては、皆さんのドラマでの性格を、こんなふうに、考えてみたいんです」

と、青木が、いった。

「ヤクザに憧《あこが》れているが、気が小さいので、ヤクザにはなれなかった男三人。どうですか？　皆さんを、こんなふうに、性格づけたいんですが」

「それならOKですよ。今、青木さんがおっしゃったような、ヤクザには、憧れているんだが、気が小さいので、ヤクザには、なりきれないという性格なら、それは、俺たち自身が、実際に、そんな性格だと、思っていますからね。賛成ですが、具体的に俺たちは、何をするんですか？」

ノッポの酒井が、きく。

「皆さん三人は、ヤクザに憧れているが、気が小さいので、ヤクザにはなれそうもない男たちという設定で、これでは、広島にいても、出世の見こみがないので一緒に上京し、この東京で、何かを始めるんですよ」

「俺たちは三人で、どんな商売を、始めるんですか？」

「探偵事務所なんかどうですか？」

「探偵ですか？」

「そうです。日本では、私立探偵というのは、別に、免許制じゃありませんから、やろうと思えば、誰にでも、簡単にできるんですよ。ただ、ひとりだけの私立探偵では、面白くない。広島にいる時には、ヤクザに憧れていたが、それだけの度胸がないので、東京にきて、私立探偵を始める。三人が組んで、私立探偵をやるんです。所長はノッポの酒井さんで、あとの二人は、部下の私立探偵。ヤクザに憧れていたので、その地が出て、何かというと、相手に向かって、威張《いば》って見せようとする。しかし、気が小さくて、その上、人のいいところがあるから、相手に対して、ついつい弱気になってしまう。そんな、ちょっとおかしな私立探偵のドラマを、毎週水曜日に、二時間の枠《わく》で、続けていきたいと思ったんですが、どうでしょうか？」

青木が、三人を見る。

「逆だから、かなり面白いと、思いますよ」

グラサンの岡本が、いった。

「逆って、何がですか？」

「普通、ドラマというと、いかにもひ弱そうな青年が主人公で、ある時、自分の好きな女性が、危ない目に遭《あ》うと、突然、人が変わってしまう。つまり、一見すると弱そうに見えたのに、本当は、強かったりするんですよ。大学時代に、ボクシングをやっていたり、空手をやっていたりして、クライマックスで、悪人たちを、ぼこぼこにやっつけてしまうんです。そういうのって、青春ドラマに多いパターンですよね。だから、見栄を張って、強そうに見せているが、本当は弱いというのは、普通のドラマと逆だから、かえって面白いんじゃないかと、私は思ったんですけどね」

「なるほど」

「もう一度、確認しますが、この話、本当の話なんでしょうね？　水曜日の中央テレビで、三人で、私立探偵のドラマをやるというのがです」

ノッポの酒井が、念を押した。

「とんでもない」

青木室長が、大きな声を出した。

「これは、さっき皆さんと話をした、うちの会長の希望なんですよ。何とかして、全国放送のテレビに出して、あと半年で、皆さんを有名人にしろ。会長から、そう厳命されていますからね。それで、私も本気で、皆さん三人を連続ドラマに出して、今年中に、必ず有名にすると、考えているんです。うちの大河内会長という人は、ワンマンそのもので、自分のいったとおりにならないと、幹部社員でも、平気で馘《くび》を切ったりしてしまいますからね。私としても、必死なんですよ」

「そうなると、こっちも必死にならざるを得ませんね」

「皆さんは広島から上京して、三人で、東京の下町に、私立探偵の事務所を開く。このドラマは、その探偵事務所が、舞台です。そこに毎回、調査を依頼しにくるお客さんがいる。そのお客さんには、誰もがしっている有名人にします。有名女優、有名歌手、有名タレントを当てることにしました。皆さんを有名にするためには、番組の視聴率を、アップさせなければなりませんからね。今、皆さんは全国的には無名であっても、私立探偵事務所を構え、そこに毎回やってくるお客さんは、有名人にする。そうすれば、皆さん方も、自然に、有名人になりますからね」

このあとで、青木は、プリントされたメモを、三人に渡した。

そこに、書かれてあったのは、毎週水曜日に、三人の私立探偵事務所に、調査を依頼にくる有名タレントのリストだった。毎回代わるお客の名である。有名タレントの名前が、ずらりと並んでいた。その全部が、誰もが知っている、超有名人ばかりである。この人たちを出演させるだけでも、金がかかるだろう。

「ここに書かれた全員に、出てもらうわけですか？」

驚いて、三人が、きいた。

「もちろん、この全員に話をつけて、あなた方の探偵事務所に、事件の解決を依頼するお客さんの役で、登場してもらいますよ。この有名タレントたちには、皆さん方三人のことも、あらかじめ、話しておくつもりです」

と、青木が、いった。

その時、室内の電話が鳴った。青木が、電話に出る。

どうやら、相手は、大河内会長のようだった。

「はい、会長。今ちょうど、話を三人の方と、すませたところです。会長もおっしゃっていたような、三人で東京に私立探偵事務所を作る。毎回、事件が起きる。その線で、三人の皆さんにも納得していただきました」

青木は、受話器を置くと、ほっと、ため息をついて、

「これで話が決まりましたね。これから、わが社が、時々、調査を依頼している飯田《いいだ》橋《ばし》にある、私立探偵事務所にいって、本物の私立探偵から、私立探偵の仕事とは、いったい、どういうものかをきいてみようじゃありませんか？　それで納得されたら、それを少し変えた、私立探偵を始めましょう。酒井さんを所長にして、ほかの二人が、部下の私立探偵という形の連続テレビドラマを始めたいと思います」

と、いった。

4

三人は、青木の運転する車で、飯田橋に、向かった。

駅から歩いて十五、六分のところにある五階建ての、雑居ビルの三階が、その私立探偵事務所になっていた。

小さな探偵事務所で、所長で、私立探偵の男がひとりと、部下の私立探偵がひとり、それに、受付をやっている若い女の子、この三人だけの事務所だった。

高木《たかぎ》という所長は、あまり忙しくないらしく、ノッポの酒井たち三人に、私立探偵の仕事について、いろいろと説明してくれた。

「日本の私立探偵というのは、アメリカほど格好よくありません。なぜなら、アメリカの私立探偵は免許制で、いざという時のために拳銃の所持が許されていますが、日本の場合は免許制ではなく、なろうと思えば、誰でも私立探偵になることができます。その代わり、日本の探偵には、何の特権もありませんし、拳銃を所持することも、もちろんできません。私立探偵という、特殊な仕事なのに、一般の人と、まったく同じ力しか持っていないし、特典もありません。私は今、私立探偵をやっていますが、その私が、日本の私立探偵というのは、やはりこんなものなのかとがっかりするのは、例《たと》えば、素行調査を依頼されて、浮気をしているご主人の尾行をすることがありますが、尾行をしている途中で、相手が突然、デパートとか、一般の小売店で、何かを万引きしたとします。ご主人は、万引きしたあとも何食わぬ顔で歩いています。私立探偵としては、素行調査をしているので、そのまま尾行を続け、ご主人が女と会っているところを写真に撮《と》りたいわけですよ。しかし、そのまま尾行を続けることは、許されないのです。なぜなら、日本の場合、私立探偵には、何の権限もないからです。一般市民と同じなのです。したがって、尾行している相手が万引きをした。それを目撃したら、一般の人と同じですから、市民の義務として警察に通報しなければいけないのです」

高木という、私立探偵は盛んに、日本の私立探偵には、何の資格もないし、権限もないと強調したあと、

「私は、私立探偵を、始めて間もないので、調査を依頼にくる人間が、少ないのですよ。この業界では、何といっても、信用が第一ですからね。新人で、しかも、個人での私立探偵となると、調査を頼みたいという人間は、まずいません。なぜなら、探偵の仕事は、どうしたって、相手の個人情報を手に入れる仕事ですからね。信用のない探偵には、誰も、仕事を頼もうとは思いません。それで、私は、個人の秘密が、絡《から》んでこない調査もやっています。それは、いなくなった、犬や猫を探す仕事です」

高木は、大きなポスターを見せてくれた。それには、可愛らしい犬や猫の写真が写っていた。

〈いなくなってしまった、皆さんの愛犬、愛猫を、誠意を持って探し出します〉

このあと三人は、もう一度、ＦＪジャパン本社に戻ると、ノッポの酒井が、青木に向かって、

「決めました」

「何を決めたんですか？」

「われわれ三人で、ドラマのなかでやる、探偵事務所のモットーです。人間を探すのはやめました。もっぱら犬、猫、といった、いなくなった、愛玩《あいがん》動物を探す探偵にします。そのほうが、面白いですからね」

と、ノッポの酒井が、いった。

「なるほど、失踪《しっそう》した、動物専門の探偵事務所ですか」

「そうです。それも、犬や猫だけを探すのではなくて、もっと大きなものも探します」

「どういうことですか？」

「小は、ハツカネズミから、大はゾウ、カバ、キリン、そんなものまで、探し出す探偵事務所ですよ。とにかく、われわれには、私立探偵の経験なんかまったくありませんから、少しばかり、ずっこけたほうが面白いですから」

と、ノッポの酒井が、いった。

四人で、話を進めているところへ、大河内会長が、やってきて、

「どうなったかね？」

と、青木に、きいた。

「皆さんは、いなくなった、動物を専門に探す探偵事務所をやりたいと、おっしゃってます。ハツカネズミから、ゾウまで探しますというわけです。結構面白いかも、しれませんね」

「とにかく、何度もいうがね、こちらの三人の方には、一刻も早く、有名になってほしいんだよ。全国的な有名人になってもらいたい。青木君にも、頑張《がんば》ってもらわないとね」

その後、大河内は、三人に向かって、

「動物を専門に探す私立探偵事務所にする。それで、いいんですね？」

「ええ、結構面白いんじゃないかと思うんです」

ノッポの酒井が、いった。

「それでは、すぐこれから、東京都内に、事務所として、適当な物件があるかどうか、探しにいきなさい。ロケの時に、必要だからね」

大河内は、青木に向かって、命令した。

5

会長に急《せ》かされる感じで、三人は、青木室長を先頭に、都内で私立探偵事務所を開くための物件を、探して歩くことになった。

一時間ほど探して、何とか下町に、見つけた。マンションの一室である。

青木は、その部屋のなかを見回して、

「ロケで、私立探偵事務所を撮影したりする時には、ここを、使いましょう。実際にはほとんど、テレビ局の、スタジオで撮影することになると、思いますが」

と、いった。

その後、腕時計を、見ながら、青木は、

「間もなく、午後六時になりますが、実は、帝国《ていこく》ホテルで、会長が、皆さんと一緒に食事をしたいと、待っていらっしゃるんです。これから、一緒に、帝国ホテルにいっていただきたいのです」

帝国ホテルのなかに、フランス料理店があり、そこの個室がリザーブされていた。

青木と一緒に、三人が入っていくと、すでに、大河内会長がいて、ほかには、女性がひとりいた。

彼女は、日本人の誰もがしっているであろう有名女優である。名前は、岸田由美子《きしだゆみこ》。多くの映画やテレビドラマに、出演している日本を、代表する女優である。

大河内会長が、岸田由美子を、三人に、紹介した。

「来月の水曜日から、皆さんは、動物を探す探偵事務所を舞台にしたドラマが始まります。その第一回のゲストとして、この岸田由美子さんに、出演してもらうことになりました。事情を話したら、ぜひやりたいといってくださったので、皆さんに、紹介します。皆さんと、岸田さんとの間で、相談して、第一回目の調査依頼を、いったい、どんなものにするのか？　例えば岸田由美子さんが、可愛がっていた猫が、突然いなくなってしまったので探してほしいと、三人の私立探偵事務所に、飛びこんでくる。そういうことも、ここで話し合って下さい」

大河内会長が、いった。

三人は、明らかに、感動していた。

私立探偵事務所を、舞台にした二時間のドラマを作る。これが決まった時、三人は、ただ嬉しかった。毎回、調査依頼をする客には、有名タレントを使うというのは、大河内会長の意向である。そういう話はきいていたが、いきなり夕食の席に、有名女優の、岸田由美子を会長自ら連れてきてくれた。三人は、そのことに、感動したのである。

食事の途中で、ノッポの酒井が、遠慮がちに、岸田由美子にきいた。

「今、どんな動物を、飼っていらっしゃるんですか？　会長がいわれていたように、猫を飼っていらっしゃるんでしたら、その猫が、行方不明になったということで、第一回のドラマを作りたいと、思うんですが？」

由美子が、笑った。

「猫は飼っていませんわ。少しばかり変わっているかもしれませんけど、私が飼っているのは、もっと、別の動物なんです」

「別の動物って、何ですか？」

「イグアナなんですよ」

由美子が、すました顔で、いった。

「イグアナっていうと、例の、カメレオンのような、爬虫類《はちゆうるい》ですか？」

グラサンの岡本が、きく。

「ええ。前に中央テレビで、ドラマに出演したんですけど、その時のドラマの舞台が、東京と南米を、結ぶ航路だったんですよ。その時、現地の方から、イグアナをいただきました。最初は、困ったなと思ったんですけど、飼ってみると、意外に、可愛くて」

由美子が、笑う。

「イグアナ、結構じゃないか。面白いよ。それ、いただき」

グラサンの岡本が、にこにこ笑いながら、いった。

「じゃあ、第一回は、そのイグアナがいなくなってしまって、それをどうやって、探し出すのかということにしよう」

ノッポの酒井が、いった。

「でも、私の飼っているイグアナは、相当大きいんですよ。ですから、たいていの人は、気味悪がってしまうんです」

と、由美子が、いう。

「相当大きいって、どのくらい、でかいんですか？」

ノッポの酒井が、きく。

「頭から尻尾まで、一メートル五十センチくらいかしら」

「一メートル五十センチですか、それは、でかいですね。そのイグアナ、噛《か》みつきませんか？」

帽子の中島が、きいた。

また、由美子が、笑った。

「たしかに、顔を見ると、怖いですけど、性格は大人しいから、大丈夫ですよ。今まで、人に噛みついたことは、一度もありません。安心してください」

と、由美子が、いった。

「これで決まりだ」

ノッポの酒井が、いった。

6

食事のあと、三人は、ＦＪジャパンの、白井渉外課長が、取っておいてくれた、帝国ホテルの部屋に、三人で、泊まることになった。

青木は、彼らをリザーブした部屋に案内したあと、ノッポの酒井の部屋に、ほかの、二人にも集まってもらった。

「これも、うちの会長の指示ですが、来月から、毎週水曜日に『ズッコケ探偵三人組』というタイトルで、新しいドラマを、始めることにします。主役はもちろん、皆さん方三人です。第一回のゲストとして、女優の岸田由美子さんに、出ていただくことが、正式に決まりました。これで、今年いっぱい、毎週水曜日のドラマを続けていただくこととして、出演料を、決めましょう」

「そうですね」

「このドラマの、制作費ですが、以前にやっていたドラマは、一回五千万円でした。その五千万円で、一回分のドラマを作って、放映していました。制作費に関しては、これからも、同じ金額で構いませんか？　もちろん、このなかには、皆さん方の報酬は含まれていません」

「一回分が、五千万円ですか？　それなら、今のこの不景気な時代、テレビ局は、大喜びするんじゃありませんか？」

ノッポの酒井が、いった。

「たしかに、テレビ局のほうは、今後も、続けてほしいといっていますね。皆さんの報酬ですが、一回当たり、ひとり二百万円を考えているんですが、どうですか？　一カ月は、だいたい四週ですから、月に八百万円ということになります。それで、いかがですか？」

と、青木が、いった。

「自分たちの報酬の額よりも、自分たちが、やっと、中央テレビの水曜日のゴールデンタイムに出演できることになった。そのことが、とても、嬉《うれ》しいんですよ。全国放送のドラマか、バラエティ番組にレギュラー出演することは、昔からの夢でしたからね。今もいったように、報酬については、それほど、気にしません。そちらのいう金額で結構ですよ。問題は、来月の水曜日から始まって、いつまで、続くのかということです。せっかく始まっても、すぐに終了では、どうしようもありませんから」

ノッポの酒井が、いうと、青木が、それに答えて、

「さっきも、会長が、おっしゃっておられましたが、今年いっぱいは、続けたいと思っています。評判がよければ、来年も引き続き、皆さんに、ドラマをやってもらいたい。これは、私がいうのではなくて、会長の願いなのですから、ぜひ、頑張ってください」

このあとで、青木は、すでに用意してあった契約書を、三人の前に、置いた。

ＦＪジャパンが、スポンサーになっている毎週水曜日の、ドラマの出演契約書に、三人が別々に、サインするのである。

そこにも、今年いっぱいの、出演との文言が記《しる》されており、このまま、何事もなければ、出演は、自動延長となる旨《むね》も記載された契約書だった。

「それから」

と、青木が、いった。

「問題の、ドラマですが、皆さんのなかのどなたかが、シナリオを、書くことになりますか？　それとも、シナリオライターに頼みますか？」

「私立探偵という仕事を、やったことがないので、最初の話は、シナリオライターに、脚本を書いていただきたいですね。私たちとしても、それを、読むのが楽しみですから」

と、ノッポの酒井が、いった。

「それなら、以前うちがやっていたドラマでも監督と、シナリオを書いてくれたことのある、小川誠司《おがわせいじ》さんに、お願いしましょう。小川さんなら、面白いシナリオを、書いてくれると思いますからね」

と、青木が、いった。

小川誠司という、監督兼シナリオライターについては、三人は、よくしっていた。彼らは広島ローカルの、タレントだが、有名な監督兼シナリオライターの名前だけは、ちゃんと、頭のなかに入れておいたのである。

三人は、小川誠司が書いて話題になった、作品の名前を挙《あ》げていった。青木が、驚

くと、

「これは、いつか、自分たちで、この有名なシナリオライターに頼んで、面白いドラマを作ってほしいという願いから、覚えていたんですよ」

と、ノッポの酒井が、いった。

「今日は、ここに一泊するとして、その後は、どうされる、おつもりですか？」

帰りしなに、青木が、きいた。

「ここで一泊したあとは、広島に帰って、向こうの番組に、出演しますよ。東京のテレビ局に比《くら》べれば、小さなテレビ局ですが、それでも、一生懸命になって、ドラマを作ったり、バラエティ番組を、作ったりしているんです」

と、ノッポの酒井が、いった。

「もう一度、確認しますが、大河内会長さんですが、本当に、俺たち三人を、一刻も早く有名にしてやってほしいと、いわれたんですか？」

グラサンの岡本が、きいた。

「ええ、そうです」

「しかし、会長さんにしてみれば、俺たち三人の才能なんて、何もわからないわけでしょう？　会長が、有名なタレントか、俳優に、してやろうと思ったって、俺たちに、才能がなければ、その期待に、応《こた》えることはできません。それなのに、どうして会長さんは、やたらに、日本中誰もがしっている、有名なタレントになってほしいと、あなたや、渉外課長の白井さんに、ハッパをかけているんですか？」

ノッポの酒井が、きく。

「うちの会長が、あんなことをいうなんて、めったに、ないことなんですよ。以前、会社のために尽くして、若くして亡くなった人がいて、その葬儀を、会社でやったんですが、その時だって、会長は、会社のために、命を捧《ささ》げてくれたとか、お陰で、わが社は立ち直って、赤字が黒字になった。そんなことを、嬉しそうにいう会長ですが、皆さんのように、一刻も早く、有名にしてやってくれなんて、今までに、一回もいったことはありませんでしたよ。私も、今回初めてきいたんです」

と、青木が、いった。

第三章　探偵社の裏と表

1

中央テレビの毎週水曜日のゴールデンタイムに、放送されることになった「ズッコケ探偵三人組」は、もちろん録画である。そのため、三人は、放送三日前の、日曜日の早朝から東京でおこなわれる撮影に参加することになった。

したがって、三人は、さらにその一日前、土曜日の最終の「のぞみ64号」で、広島から、東京に出てこなければならない。

「のぞみ64号」の広島発は、一九時五八分、終点の東京着は、二三時四五分である。あと十五分で、日が替わるという、深夜の列車である。それをきいて、大河内が怒り、三人のためにもっと便宜《べんぎ》を図れと命令した。

スポンサーのＦＪジャパンでは、大河内の命令で、その後撮影のため、毎週、広島から、東京にやってくる三人が、自由に使えるようにと、借りていたマンションをキャンセルし、日暮里《にっぽり》駅の傍《そば》にあった、五階建てののっぽビルを撮影用にわざわざ購入し、三人組の探偵社に作り替えた。そして、一階が探偵社の事務所、二階から四階までが三人の住居で、五階には、大きな工作室を作り、屋上もついている。

一階の事務所の、入り口には、三人の似顔絵が取りつけられ、

〈皆様の飼い猫、飼い犬から、アフリカゾウまで、どんな動物でも、いなくなった動物を、必ず見つけ出して、お手元に、お届けします〉

と、宣伝文を書いた看板がかかっている。

三人は、その探偵事務所で、監督兼シナリオライターの、小川誠司と会い、初めて脚本を渡された。その席には、探偵事務所の最初の客になる、女優の、岸田由美子も同席していた。

三人は、渡された脚本を見て、少しばかり、びっくりの表情になった。

初めて渡された脚本を読むと、三人は、全員が呑気《のんき》で、少しばかりおっちょこちょ

いの探偵で、動物探しが専門の探偵事務所を始めた。そこは、だいたいの話をきいていたのだが、裏に回ると実は、金をもらって人を殺す、冷酷《れいこく》な、三人組の殺し屋になっていたのだ。

「何を隠そう、その正体は、といったところですね」

グラサンの岡本が、笑いながら、小川を見ると、小川も、笑って、

「そのとおりですよ。ただ単に、逃げた飼い猫や飼い犬を、探し出すだけの探偵では、見ているほうも、面白くも何ともないでしょう？　ただの微笑《ほほえ》ましいだけの探偵物語になってしまう」

「たしかに、そうですね」

ノッポの酒井も、うなずいて、

「いなくなった動物探しをやっている、呑気な探偵と、冷酷な殺し屋との切り替えが、ちょっと難しいと思いますが、それさえ上手《うま》くいけば、かなり面白いドラマになりそうですね」

「そうなんですよ」

と、小川が、いう。

「今いったように単なる動物探しの探偵なら、微笑ましいだけの、人情ドラマになっ

てしまいます。また、単純な殺し屋の話だったら、これもどこにでもある陳腐《ちんぷ》なサスペンスになってしまいますからね」

グラサンの岡本が、いい、

「たしかに、そのとおりだね」

と、帽子の中島もうなずいた。

「岸田さんは、どう思います？　あなたの感想を、ききたいな」

と、小川が、いった。

由美子は、三人の顔を、見比《みくら》べながら、

「今、小川さんのお話をききながら、三人のお顔を、じっと見ていたんですけど、三人とも、にこにこしていると、とても優しいお顔になって、その上ちょっと、とぼけているんだけど、笑わないと、意外に、怖い感じ。特に、サングラスの岡本さんが」

「いや、グラサンの岡本です」

グラサンの岡本が、真面目な顔で、訂正した。

「あら、ごめんなさい。グラサンの岡本さんでしたわね。あなたが、黙っているといちばん怖いわ。やっぱり、サングラスのせいかしら？」

「本当は、このサングラス、度なんか入っていないんですよ。それに、サングラスを外すと、私は、童顔で、子供っぽい顔になってしまうんですよ」

　笑いながら、グラサンの岡本が、サングラスを取った。その顔を見て、由美子が、吹き出した。

「ごめんなさいね。本当に子供っぽい顔をなさっているんで、つい笑ってしまって」

「そうでしょう、子供っぽい顔でしょう？　そういわれるのが、いやなので、サングラスをかけるようになったんですよ。もう五年かけてますよ」

　と、グラサンの岡本が、いった。

「これで、三人の二役は、決まりだな。必ず上手くいきますよ。素顔が怖かったり、面白かったりするより、演技で怖くなったり、面白くなるのが最高だから」

　と、小川が、いった。

「撮影は、由美子さんが飼っている、大事なイグアナが逃げてしまったので、それを探してくれといって、三人の探偵事務所を訪ねてくるところから、始めます」

　と、小川が、続けると、由美子は、

「もちろん、私は、この三人が、本当は、怖い殺し屋だということはぜんぜんしらずに、いなくなったペットのイグアナを探してくれと、頼みにくるわけね？」

　と、小川に、いう。

「もちろん、そうですよ。最初から、三人が、殺し屋だとわかっていたら、面白くも何とも、ありませんからね」

少しばかり怒った口調で、小川がいう。

脚本を、読んでいた帽子の中島が、

「これを見ると、いなくなった、岸田さんのイグアナを探して、われわれ三人は、いろいろなところにいくんですね?」

「そうですよ。イグアナだって、のんびりと昼寝をして、探しにくるのを、待ってるわけじゃありませんからね。三人には、動物園に探しにいったり、由美子さんの家の周辺の、下水のなかを探したり、動物の売買をやっている店を覗いたり、いろいろ、やってもらいます。そのくらいは、動いてくださいよ。この番組は、あなた方三人が、動けば動くほど面白くなって、見ている人が、喜ぶんだから」

と、小川が、いった。

「それで、本当のところは、どうなんですか?」

ノッポの酒井が、きく。

「本当って、何のことですか?」

小川が、きき返す。

「岸田さんは、飼っているイグアナが逃げたから、うちの探偵事務所に探してくれと頼みにくるわけでしょう？」

「そうですよ」

「本当に、岸田さんのところの、イグアナが逃げたんですか？」

「逃げたりはしませんよ」

と、由美子が、笑った。

「第一、本当に逃げたのなら、お芝居《しばい》のなかのズッコケ探偵事務所に探してくれって、頼みにいきはしませんよ」

「それじゃあ最後は、いなくなったイグアナが、無事に見つかって、めでたし、めでたしになるわけですか？」

ノッポの酒井が、いう。

「いや、実はそこからが、大変なことになるんです」

と、小川が、いった。

2

「大変って、いったい、どうなるんですか？」

と、帽子の中島が、きいた。

「第一回の後半で、三人が、ただの呑気で愉快な、動物探しの探偵じゃないことを、ちらっと、視聴者に見せておこうと、思っているんですよ。そうしておいて、二回目につなげていかないと、視聴者に、これは、ただの喜劇だと思われてしまいますからね。こちらとしては、それでは、困るんです」

小川が、いった。

「ちらっと見せるというのは、いったい、どんなふうにやるんですか？」

グラサンの岡本がきく。

「そうですね」

と、小川は、ちょっと、考えてから、

「このあとは、三人の話なので、岸田さんは、お帰りになって結構ですよ。明日は午前十時に、きてください。今日はどうもお疲れ様でした」

と、岸田由美子を帰らせたあと、三人を連れて、エレベーターで、五階まであがっていった。

「四階は、三人のなかで、いちばん冷静な感じの、ノッポの酒井さんの部屋になっています。その下の三階が、帽子の中島さん、二階は、グラサンの岡本さんの部屋ということに、なっています。もちろん、ちゃんと寝泊まりできます」

そういいながら、小川がドアを開けて、五階の部屋に入っていくと、三人は一様に、驚きの声をあげた。そこに、さまざまな種類の、小型の機械が、ずらりと、並んでいたからである。

「これは、何ですか？」

ノッポの酒井が、きいた。

「一見すると、まるで、オモチャのように見えるでしょう？」

と、小川が、いった。

「オモチャじゃ、ないんですか？」

「まあ、オモチャといえば、オモチャのようなものですよ。ただし、実際に動くし、旋盤《せんばん》は、加工する物を削《けず》れるし、ボーリングは、金属に、穴をあけることができるんです。最近は、鉄道模型や車の模型なんか、キットを買ってくるのではなくて、一枚の板から、自分で作ろうというマニアが、増えてきましてね。その人たちが、ここに並んでいる機械を使って、模型の電車を作ったり、船や車を作ったりしているんです。それで、この部屋で、皆さんは、殺しに使う道具を、自分たちの手で、作っているという設定にしたいんですよ。もちろん、本当に、作る必要はありません。ドラマを見ている人に、作っているように、見えればいいんです」

「これ、いじっても、構いませんか？」

機械のひとつに手を触《ふ》れて、帽子の中島が、きいた。

「構いませんよ。とにかく、皆さんは、この工作機械を、いかにも使いこなしているような、そんな感じになってもらいたいんですよ。今、中島さんが、触《さわ》っているように、なるべくたくさん、触ってください。できれば、実際に、何かオモチャのようなものでもいいので、作ってみてくだされば、なおいい」

小川は、部屋の隅《すみ》から、大きな革袋《かわぶくろ》を持ってきて、その袋のなかから、三丁の拳銃を取り出した。

これにも、三人は、びっくりした顔で、

「これ、拳銃じゃありませんか？」

ノッポの酒井が、いった。

「ええ、サイレンサーつきの、拳銃です。もちろん、本物じゃありませんよ。モデルガンです。実際に、引き金を引いてみてください。音はしますが、弾丸が、飛び出したりはしませんから」

と、小川が、笑った。

三人は、そこは、タレントらしく、サイレンサーつきの拳銃を片手に持って、構える格好をしたり、相手を脅《おど》かすようなポーズをしながら、引き金を引いた。

プスッという、鈍《にぶ》い音がしたが、もちろん、弾丸が出るはずがない。

拳銃を持って遊び始めた三人に向かって、小川が、

「いいですか、呑気な動物探しの探偵が、実は裏では、金をもらって、殺しを引き受ける、冷酷な殺し屋だという設定ですからね。殺しで、いちばん使われるのは、サイレンサーつきの拳銃だといわれています。ですから、三人は拳銃を持った時に、様《さま》になっていないと、困るんですよ」

このあと、小川は、三人を、それぞれの部屋へ案内していった。

三階の、帽子の中島の部屋に入ってみると、大きな冷蔵庫があり、開けると、薬を入れた瓶《びん》が、何本も並んでいた。

小川が、説明する。

「貼ってあるラベルを見ればわかると思いますが、ここに入っているのは全部、毒薬です」

小川は、真面目《まじめ》な顔で、いってから、急に笑って、

「嘘《うそ》ですよ。もちろん、中味は、色のついた、ただの水です。毒なんて入っちゃいませんよ。三人は、冷酷な殺し屋ですから、拳銃を使って相手を殺すこともあれば、毒薬を使って静かに殺すこともあるわけです。それを考えて、ラベルだけ毒薬の名前にした薬瓶を、こうして、冷蔵庫のなかに、並べておいたんです。そばに、大きな金魚《きんぎょ》鉢《ばち》があるでしょう？　どうして、そこに、金魚鉢があるのかわかりますか？」

小川が、三人を見た。

「映画か何かで、昔、見たことがある。毒薬かどうかを試すために、金魚鉢に、液体を、入れるんですよ。毒だと、金魚が死んで浮かびあがってくる。そんなシーンを見たことがありますよ」

と、グラサンの岡本が、いった。

「そのとおりです」

と、小川が、いった。

「そのために、もっともらしく、そこに金魚鉢を、置いておいたんです。それで、三

人が殺し屋らしく見えてきますよ。いや、見えてこないと困るんです」

と、小川が、いった。

その下の二階には、小さな工具や、金魚鉢などは、置いてなかったが、その代わりのように、大きな本棚があって、そこには、殺人やスパイ事件などを扱った単行本が、ズラリと並んでいた。

「これで、皆さんは、冷酷な殺し屋らしく、成長されることを希望します」

と、最後に、小川が、いった。

3

撮影が始まった。

撮影は、日暮里の探偵事務所に、岸田由美子が訪ねてくるところから、始まった。

由美子が、ハンドバッグから、イグアナの写真を取り出して、

「飼っていたペットのイグアナが、急にいなくなってしまったの。大好きなイグアナなので、一刻も早く見つけ出して下さい」

と、三人に依頼する。

ノッポの酒井が、

「どんなイグアナですか？」

と、きく。

それに対して、由美子が、言葉で、イグアナの歩き方や、獲物の獲《と》り方などを説明する。

それに合わせて、グラサンの岡本が、床に四つん這《ば》いになって、真似《まね》をする。

笑いを取る、場面である。

グラサンの岡本が、撮影の初日ということで緊張してしまったのか、動作がぎこちなく、なってしまった。

だが、小川は、別に文句をいわなかったし、演技指導もしなかった。

その後は、三人による、面白おかしいイグアナ探しになり、東京中を歩き回る。いわば三人の顔見せである。

三人には、それぞれの、特徴を際立《きわだ》たせるような、服装をさせた。

グラサンの岡本には、もちろん、サングラスをかけさせるのだが、わざと、色の濃い派手な造りのサングラスにして、帽子の中島には、面白いデザインの帽子を、用意させ、それをかぶらせた。

ノッポの酒井は、名前のとおり、三人のなかでは、いちばん背が高く、ひょろっとしているのだが、小川は、さらに身長を高く見せるため、上げ底の靴を用意してきて、それを履《は》かせることにした。

そんな格好で三人に、上野《うえの》の動物園にいかせたり、新宿《しんじゅく》にある、ペットショップにいかせたりしたのだが、その際、交わされる会話はすべて広島弁にさせた。そのほうが、インパクトがあると、小川はいった。

とにかく、三人の、強い特徴をしっかりと見せて、視聴者に、顔と名前を、覚えさせなくてはならないと、小川は、思っているようだった。

小川は、三人のための車も用意した。イギリスの名車、ミニ・クーパーの中古を買ってきて、それをピンク一色に塗り替え、そこに、三人の似顔絵を、ドアや屋根に描いて、走らせることにしたのである。

その車を見て、さすがの三人も、最初は、

「何とも、派手な車ですね。これに乗るんですか？」

と、照れ臭《くさ》がっていたが、

「とにかく、君たちのことを宣伝して、顔と名前を覚えてもらわなければ、番組が、終わってしまうんだ」

小川が、叱咤激励《しったげきれい》した結果、三人は、その車を自分たちから乗り回すようになった。

ロケの次は、中央テレビの、スタジオを使っての、撮影になった。

4

逃げだしたイグアナ探しのほうは、トカゲと間違えたり、三人のひとりが、依頼主の由美子に惚《ほ》れてしまったりといった、お決まりの笑いが、あったあとで、最後に問題のイグアナを、捕まえたところで、エンドになった。

その後、三人が、冷酷な殺し屋になるところをちらりと見せて、撮影は、終了した。

「殺しのターゲットだが、脚本に書いたように、名前で呼ばずに、動物の名前で呼ぶことにしたいと思います。そうすれば、表の商売、逃げだした動物を、探す探偵事務所の看板を掲《かか》げたまま、殺しの打ち合わせができますからね」

と、小川が、いった。

「小川さんは、そういうけど、脚本には、どんな動物なのか具体的には書いてありませんね」

ノッポの酒井が、いった。

「そこは、わざと、空《あ》けてあるんですよ。それで、次回の殺しのターゲットですが、シッポの白いキツネということにしました。三人は、殺しのターゲットは、名前では呼ばずに、キツネ、それも、シッポの白いキツネと呼ぶようにしてください。それが、合言葉です」

小川が、いった。

「キツネというと、やはり、ターゲットは女性ですか？」

と、グラサンの岡本がいう。

「キツネというと、女性を、連想するんですか？」

「そうですよ。シッポの白いキツネといったら、魅力的だが、何となく得体《えたい》のしれない、怪《あや》しげな女性とか、色っぽく、男を騙《だま》すような女性というように、どうしても、そんなふうに、考えてしまいますけどね」

と、グラサンの岡本が、いった。

「実は、私が考えたのは、男なんですよ。ちょっとずる賢くて、頭に、少し白いものが見えている、そういう男を、考えたんですが、キツネというと、女になってしまうんですね。ほかのお二人は、どうですか？」

と、小川が、きいた。

「僕たちも、キツネというと、どうしても、女性を連想してしまいますね」

帽子の中島が、いい、ノッポの酒井も、

「私も、同じです」

「そうですか。ちょっと弱りましたね」

「小川さんは、どんな男を、想像して、脚本を書いたんですか？」

ノッポの酒井が、きいた。

「年齢は六十代。がっちりとした体つきの男です。こずるくて、他人の会社を、いくつも乗っ取ってきたような男です。それに、今もいったように、髪には、少しばかり、白いものが見えてきたが、元気潑剌《はつらつ》なんですよ。金がありそうなところに、すぐ嗅《か》ぎつけて割りこんでいく。そんな男を、想像して書いたんですが、キツネじゃ、やっぱりまずいですかね？」

「そんな男なら、そいつは、キツネじゃなくて、ブルドッグですよ」

と、グラサンの岡本が、いった。

「そうですよ。今、小川さんがいわれたような男なら、岡本がいうように、たしかに、ブルドッグですね。キツネのイメージじゃありませんよ」

　と、帽子の中島も、いった。

「なるほど。それでは、皆さんのいうように、ブルドッグにしましょう。ブルドッグか。たしかに、そのほうがいいかもしれませんね。その人物の名前は、いいません。合言葉は、ブルドッグを殺せ。それで、芝居を進めることにしましょう」

　と、小川が、いった。

「わかりました」

　グラサンの岡本が、いう。

「それでは、がらりと殺し屋に変わって、その殺しを引き受ける前後の会話を練習して、今日は、お開きにします」

　と、小川が、いった。

　そのあとで、スタジオで三人の本読み、特に、台詞《せりふ》の練習が、続いた。

5

「今回の仕事は、ブルドッグ一匹だ。歳《とし》はとっているが、やたらに元気で、油断していると、嚙みつかれるぞ」

「それで、値段は？」

「一・五」

「悪くないな。それで、どうやってそのブルドッグを、生け捕るんだ？」

「今、考えている」

「ブルドッグの癖《くせ》は？」

「散歩が大好きで、朝と晩には、必ず、散歩にいく」

「何日までに、捕まえればいいんだ？」

「一週間以内」

「捕まえるのに、必要な道具は？」

「薬は使えないから、やはり、使うとなれば、飛び道具だな」

「よし、それでは、明日から、飛び道具の用意をしよう」

そんな会話が交わされたあと、三人は、探偵事務所のビルに戻り、そこで小型の機械を動かすような真似をしたり、三丁のサイレンサーつきのモデルガンが用意されたところで、その日の撮影が終わった。

6

水曜日の午後九時から、第一回目の「ズッコケ探偵三人組」の放送が、始まった。

放送が終了すると、視聴者の反響がしりたくて、三人は、木曜日まで、広島には帰らずに、東京にいた。

期待していた視聴率は、あまりよくなかった。それでも、一桁《ひとけた》ではなくて、かろうじて、十パーセントを超えていて、第一回の放送としては、それほど、ひどい評価を受けることはなかった。

FJジャパン会長の、大河内孝雄は、三人を自宅に招いて、放送の開始を祝う、パーティを開いた。

大河内孝雄が、あっと驚くような有名人まで呼び、三人を紹介した。

大河内は、三人に向かって、

「ドラマを拝見しましたよ。面白かったですよ。第一回としては、いい線をいっているんじゃないですか。私は、お世辞《せじ》ではなく、そう思いましたよ。視聴率だって、二桁を記録していますしね。もし、視聴率が悪かったとしても、私は、姪の由美を助けてくれた三人のために、最低でも一年間は、番組を続けるつもりですから、皆さんは視聴率のことは気にせずに、自由にやって下さい。そうそう、姪の由美からも、皆さんに祝電がきていました。あとで、お渡しします」

と、褒《ほ》めあげた。

大河内とは逆に、監督と、シナリオライターを兼務している、小川誠司の言葉は辛《から》かった。

「今、スポンサーの大河内会長が優しいお言葉をかけてくださいましたが、私の見方は、もっと厳《きび》しいというか、辛いんですよ。とにかく、演技が、硬すぎますね。緊張しているのか、ぎこちなくなってしまっています。まあ、一回目なんだから、仕方がないとは思いますが、それでも、二回目からは、もう少しリラックスして、柔らかく、見ている人たちが、楽しめるような、そんな演技をしてもらいたいと、思います。特に、殺し屋の部分は頼みますよ。怖いところがお笑いになっては困りますからね。その点くれぐれも頼みますよ」

最後に、三人を代表して、ノッポの酒井が、お礼をいった。

「今日、自分たち三人の、ドラマを見ましたが、今、監督さんがいわれたように、たしかに、硬くなっているのが、自分でもよくわかりました。何しろ、われわれ三人は、広島の田舎者《いなかもの》ですから、ゴールデンタイムの大舞台ということで、意識していても、ついつい、硬くなってしまうんですよ。その点は、今後、注意したいと思っています。いろいろと皆さんに、ご迷惑をおかけしているかもしれませんが、とにかく、今日は皆さんに、お礼を申しあげたいです。特に、FJジャパンがスポンサーになっている、水曜日のゴールデンタイムに、私たち三人を、出してくださった大河内会長には、何とお礼をいっていいのか、わかりません。これから、何としてでも、高い視聴率をあげて、それをもって、大河内会長へのお礼としたい。そう思っています」

7

世田谷《せたがや》区駒沢《こまざわ》は、現在、急速に、家が建ち、マンションができ、賑《にぎ》やかになっていた。その駒沢に、敷地五百坪、鉄筋二階建ての豪邸があった。

豪邸の主は、羽田五郎《はねだごろう》、六十五歳。羽田自動車の社長である。

羽田自動車は、安価な大衆向けの乗用車を生産している会社で、ワンマン経営で有名だが、それも羽田五郎が一代で、今の羽田自動車を築きあげた、現代の成功者のひとりだから仕方がないのかもしれない。

羽田が今、いちばん気を遣《つか》っているのは、自分の健康だった。実は、彼の友人で、ベンチャービジネスを立ちあげて、同じように、大きな成功を収めながら、突然、胃ガンで、若くして亡くなった友人が、いたからである。

いくら成功しても、成功した途端に、死んでしまったのでは、何にもならない。

羽田は、その友人が死んで以来、それまでは、食事などに、気をつけることは少なかったのだが、最近は、食事や睡眠に気を遣い、毎朝の散歩を欠かしたことはなかった。糖尿病の気《け》があるので、運動は欠かせない。

今朝も、羽田は、愛犬を連れて、朝の散歩に、出かけた。

近くの公園を、回って帰ってくるのが日課になっていたが、最近、新聞やテレビで、羽田のことが、紹介されるようになってから、自宅近くでは、顔をしられるようになって、しらない人からも、よく、挨拶《あいさつ》されるようになった。

羽田は、それが面倒くさいので、最近は、暗いうちから、散歩に出ることにしていた。

いつものように、公園のベンチでひと休みする。

ベンチに腰をおろしている間に、少しずつ周囲が、明かるくなってくる。

ゆっくりと、立ちあがった。

その瞬間、羽田は、胸に強烈な痛みを感じて、よろめいた。

撃たれたのだ。

続いて二発目が、同じく、羽田の胸を貫《つらぬ》いた。

百七十三センチの羽田の体が、地面に倒れ、愛犬が、猛烈な勢いで吠え始めた。

8

警視庁捜査一課の十津川《とつがわ》は、部下の刑事と鑑識を連れて、殺人現場となった公園に、急行した。

現場では、地元の警官が、ロープを張りめぐらして、現場の、保存をしていた。

十津川たちは、ロープをくぐって、俯《うつぶ》せに倒れている男の傍《そば》に、近づいていった。

犬は、地元の警官が、離れたところまで、連れていったが、そこでもまだ、しきりに吠えていた。

地元の警官が、十津川に説明した。

「被害者は、羽田五郎、六十五歳です。羽田自動車の社長です。今朝、日課にしている犬を連れての散歩にきて、公園のベンチでひと休みし、立ちあがったところを、いきなり、撃たれたと考えられます。弾は、胸部に二発命中していて、即死だったろうと思われます」

俯せに倒れていた男の体が、ゆっくりと起こされて、十津川に、顔が見えた。

胸から流れ出た血は、すでに乾いて、固まっている。何よりも、苦痛に満ちた死に顔が、十津川の胸をうった。

間違いなく、胸部に二発、弾丸が命中している。

刑事たちが、周囲の住民に、確認したところ、銃の発射音をきいた者は、いないというから、おそらく、犯人は、サイレンサーを使ったのだろう。

事件をしって、慌てて自宅から、この公園に駆けつけてきたという妻の恵子《けいこ》、六十歳に、十津川は、話をきいた。

「いつも、主人は、朝早く、犬を連れて散歩に出かけるのが、日課になっていました。健康にいいからといって、今朝も、いつものように、犬を連れて、家を出ました。それが、こんなことになって、どうしたらいいのかわかりません」

蒼《あお》い顔の恵子が、いった。

時間的に見て、被害者の羽田五郎が、この公園にやってきた時には、周囲は、少し明かるくなっていたと思われる。

そう考えると、犯人が、誰かと間違えて、羽田五郎を撃ったとは、思えなかった。明らかに、羽田五郎だとわかって、撃ったのだ。

「今までに、脅迫の電話がかかってきたり、脅《おど》しのメールがきたようなことは、ありませんでしたか？」

十津川がきいた。

「主人は有名なワンマンで、強引な人でしたから、主人を憎んでいる人は多かったと思います。今、刑事さんがおっしゃったような、電話やメールがきたこともありましたが、まさか、命を狙われるなんてことがあるとは、考えてもいませんでした」

と、恵子が、いう。

刑事たちが、公園のなかを捜すと、公園の入り口近くに、空《から》の薬莢《やっきょう》が二発、落ちているのが、発見された。

十津川が、そこから見ると、池を挟んで、その向こうに、羽田五郎が座っていたと思われるベンチが、見えた。

距離は十メートルから二十メートルといったところだろう。

（これなら、拳銃で狙って狙えない、距離ではない）

と、十津川は、思った。

犯人は、被害者の羽田五郎が、朝の散歩の途中で、この公園に立ち寄ることを、しっていて、ここで、待ち伏せしていたに違いなかった。

羽田五郎の遺体は、司法解剖のために、大学病院に、運ばれた。

その後、十津川は、亀井刑事と、東京駅の八重洲口にある、羽田自動車の本社を訪ねてみることにした。

羽田は最初、大手自動車メーカーの、下請けから始めた。それが今は、羽田自動車自体が、一台百万円という安い小型車を生産し、それを、東南アジア向けに輸出して、大きな利益を、あげていた。

本社で、十津川は、秘書課長の杉下《すぎした》という三十代の社員に、応接室で、話をきいた。

「羽田社長は、胸を二発、撃たれて亡くなっていました。犯人は、銃を使って、羽田社長を射殺したのです。こうした、犯行の形を見ると、犯人は、羽田社長のことを、かなり憎んでいたと思われますが、杉下さんに、何か心当たりはありませんか？」

十津川が、きくと、

「羽田自動車では、一年前から一台百万円という、安い小型車を製造して、それを主に、東南アジアに輸出しています。売れ行き好調で、うちの会社の主力製品になると、思われますが、百万円の小型車を作るにあたって、羽田社長は、今まで、提携していたX自動車と手を切って、中国の会社と、協力関係を築くことに、なったんです。そのことで、X自動車に憎まれていたかもしれません。十年にわたって、お世話になっていた会社と、縁を切ってしまったわけですから」

「どんな理由があって、提携を、やめたんですか？」

「うちが新しく、普通の、軽自動車の生産を始めたんだったら、X自動車も今までどおり組んでくれたと思うのですが、何しろ百万円という超安価な車の製造ですから、うちと手を組んで、はたして上手くいくのかどうか、X自動車の社長は、不安だったんだと思います。それで、こちらがいくら、お願いしても、提携してくれるような、くれないような、曖昧《あいまい》な態度を取られていたんです。そのことに、うちの社長が怒ってしまい、十年の仲を解消して、中国の会社と、提携してしまったんです」

「ということは、羽田自動車のほうから、一方的に、X自動車との関係を解消したわけではないんですね？」

「ええ、そうです。しかし、だからといって、このことでX自動車が、いい顔をするはずはありません。それで、うちに対して、いろいろと、圧力をかけてきていました。だから、百万円の小型車が失敗して、うちが、大きな損失を被ればいいと、向こうは、考えていたのかもしれません。ところが、それが、想像以上に上手くいってしまったので、X自動車の社長さんは、なおさら、腹が立っていたのではないかと思いますよ」

「具体的に、どんないやがらせが、あったんですか？」

十津川が、きいた。

「自動車の評論家に、うちの百万円小型車の、構造上の欠陥とか、あるいは、うちの会社の、経営的な問題とか、そういった暴露記事を雑誌に書かせたり、うちが、中国の自動車会社と、提携したことについて、向こうの会社が、信用できないとか、危ないとか、そういう噂《うわさ》を流したりしていたようです。うちの百万円の小型車が事故を起こした時には、事故の原因が、ドライバーの運転ミスだったにもかかわらず、羽田自動車の車は、やはり構造的に欠陥がある危い車だと、声をあげたのも、X自動車でした」

「直接的な事件を、起こしたことはなかったんですか？」

「X自動車の、創業五十周年記念のパーティがあったんですが、うちの社長は、呼ばれませんでした。しかし、直接、危険な目に遭ったことは、今まで一度も、ありませんでした。ですから、今回の事件では、よけいに、驚いているんです」

と、秘書課長の杉下が、いった。

「百万円という安い小型車ですが、かなり、輸出されていると、きいたんですが」

「そうです。輸出は、順調ですが、その主な輸出先は、東南アジアです。自動車の主要な生産国であるアメリカとか、ドイツとかでは、まだ、売れていないんですよ。やはり、百万円という価格から、すぐに、故障がおきるのではないかと、思われているのかもしれない。亡くなった羽田社長は、そういっていました」

「これからも、百万円の小型車は、生産を、続けるつもりですか？」

「ええ、続けるつもりでいます。それが、羽田社長の遺志でもあると、思いますから」

語調を強めて、秘書課長の杉下が、いった。

十津川は、被害者の羽田五郎について、徹底的に調べることにした。

秘書課長の杉下の話では、羽田自動車が生産を始めた百万円の小型車について、X自動車の社長と、いさかいになって、憎まれているということが、わかったが、だからといって、X自動車の社長が、羽田五郎を殺したとは断定できない。

ほかにも、犯人の動機があったのではないのかと、十津川は考えた。

羽田五郎は、三十歳まで、大手の自動車会社で、設計の仕事をしていた。

翌年、羽田は、自分で自動車を作りたくなって、その自動車会社を退職した。その時の退職金などを元手にして、羽田自動車を設立したのだが、最初はもちろん、自分の好きな自動車を作るどころではなくて、大手の自動車会社の下請けを、やっていた。

五十歳の時、百万円で、組み立てることのできる、自動車のキットを売りに出した。

二人乗りの自動車である。誰にでも組み立てられるように、簡単に、作られているキットである。

自信はあったし、ある程度は売れたのだが、爆発的なヒットとまではいかず、そこで止まってしまった。

次に手を染めたのが、障害者用の、電気自動車である。

免許がなくても乗れる電気自動車で、最高時速は、時速六キロだった。

こうした電気自動車の欠点は、充電できる電気の量が、少ないことである。その点を研究し、それまでの、二倍の距離を走れるようにしたのだが、これも、ある程度は売れても、爆発的に売れることは、なかった。

そこで、羽田は考えたらしい。

自動車のキットや、障害者用の電気自動車は、どちらも、一般には、車とは呼べない存在なのだ。

だから、物珍しさから、ある程度は売れても、爆発的に売れることは、なかった。

それは、車と呼べないものだった。と考えた羽田は、今度は、百万円の、小型車を生産することにした。

エンジンの出力は、六十馬力だが、それでも車体が軽いので、アクセルを踏みこめば、最高で時速百五十キロまで、出るようにできあがった。

紛《まぎ》れもなく、これは、車だった。

予想したとおり、この百万円の小型車は、爆発的な、売れ行きを見せた。その結果、商取り引きのために、銀座《ぎんざ》や赤坂《あかさか》のクラブを、使うようになって、羽田に女ができた。

そのことを、十津川に教えてくれたのは、羽田自動車を最近になってやめた、元社員だった。

「会社が儲《もう》かると、自然に、社長に、女ができるんじゃないですかね？　社長のほうに、その気がなくても、女のほうから、いい寄ってくるのかも、しれません。羽田社長が、赤坂のクラブを、接待に利用するようになってから、女ができたんですよ」

と、いう。

「その女性のことですが、詳《くわ》しいことわかりますか？」

「赤坂でクラブを、やっている安藤恵美子《あんどうえみこ》という女性ですよ。本名はわかりません。年齢は、三十五、六歳といったところですかね。背の高い美人ですよ」

「その女性と、羽田さんが、できているというのは、本当の話ですか？」

十津川が、念を押した。

「ええ、本当ですよ。社内でも何人かは、しっていますよ。二人だけで、温泉にいったこともあると、きいていますし、安藤恵美子のために、羽田社長が、都内に豪華なマンションを買ってやったという人もいます」

「そのことを、羽田さんの奥さんは、しっていたんでしょうか？」

「さあ、どうでしょう。それは、わかりません。羽田社長の奥さんには、二度ほど会ったことがありますが、大人しい静かな女性で、赤坂のママさんのことをしっても、騒いだりするようなことは、しないだろうと、思いますが」

「その安藤恵美子という女性ですが、羽田さんのほかにも、つき合っている男性が、いたんでしょうか？」

「そうですね。あれだけの女性ですからね。羽田社長のほかにも、彼女目当てに、通っていた客は、何人も、いたでしょうね。でも、羽田社長のほかに、彼女が親しくしていた男がいたかどうかまでは、わかりません」

と、その男が、いった。

ほかにも、さまざまな情報が、十津川のところに、集まってきた。

羽田五郎は、会社では、ワンマンだったということをきいていたのだが、個人的にも、羽田が、人に憎まれるような言動を、取りがちだったことも、わかってきた。

羽田は、新しく、羽田自動車を作るにあたって、五人の友人と共同で、新会社を立ちあげている。その時は、羽田自動車という名前ではなくて、六人で考えた名前をつけた。

富士山《ふじさん》自動車である。

しかし、羽田五郎は、会社を立ちあげるとすぐ、その名前を、羽田自動車にしてしまい、それに反対する友人のうちの二人を、会社から追い出してしまった。そのあとも、残った三人の友人たちは、ひとり減り、二人減って、今はひとりも、残っていないという。

そのなかの、ひとりに会って、十津川は、話をきいた。

「性格的に、あの男は、仕事だけではなく、何事においても、ワンマンなんですよ。

とにかく、自分が中心でないと、気がすまないというんですから。会社を立ちあげる時も、五人の友人たちとの共同会社だったのに、ほかの仲間に相談することもなく、自分勝手に、やりたいように、どんどん、経営を進めていったんですよ。友人たちは、そんなやり方に我慢できなくなった。やり方が、あまりにもえげつないというので、友だちはひとり減り、二人減って、今は、ひとりも残っていませんよ。いずれにしても、あの男と、一緒に事業をしていくのは、大変だと思いますよ。少なくとも私は、二度と、彼と一緒には、やりたくないと、思っていますから」

「その羽田さんが、銃で撃たれて、死んでしまったんですが、そのことについて、どう思われますか？」

十津川が、きいた。

「こんなことになって、お気の毒だと思いますが、その一方で、正直やっぱりだなという気がしないでもありません。会社を大きくするために、羽田社長は、いつも、危ない橋を無理して渡っていたような、そんな気がしていましたからね」

第四章　一寸《ちよつと》悪どく

1

東京の中央テレビで毎週一回放送されている、三人が演じるズッコケ探偵三人組のドラマも、今回で五回目の放送になった。今回のゲストも、人気のある、熟年の女優である。そのせいもあってか、このところ、視聴率もあがってきた。

そこで、三人は、日暮里に作られた探偵事務所のビルに集まって相談した。

まず、グラサンの岡本が、口火を切った。

「今回の放送で、ちょうど二カ月目に入ったんだ。それで、そろそろ、出演料の値上げを、要求してもいいんじゃないかと、俺は、思っている」

「出演料の値上げなんて、まだ一カ月しか経《た》っていないのに、そんな要求をして大丈夫か？」

気の弱い帽子の中島が、心配そうな顔で、いった。

「中島は、何を、心配しているんだ？」

「だって、東京のテレビで、レギュラーとして、出演するという俺たちの昔からの夢が、やっと、叶《かな》ったばかりじゃないか？　今、岡本は、もう一カ月が経ったといったけど、俺は、まだ、一カ月しか経っていないと思う。今ここで、出演料の値上げなんかを要求して、それじゃあ、もう出演してくださらなくても結構ですといわれたら、どうするんだ？」

「何だ、中島は、そんなことを、心配しているのか。それなら大丈夫だ」

軽い調子でいったのは、ノッポの酒井だった。

「どうして、大丈夫なんだ？」

「いいか、第一に、俺たちが中央テレビの番組に、レギュラーで出られるようになった理由を考えてみろよ。それは、スポンサーの会長の、姪の命の恩人だからだよ。だから、普通に考えるケースとは違うんだ。まだ一カ月とか、もう一カ月とか、そういうことはまったく関係ないんだ。第二、たしかに、毎週一回、東京のテレビ番組でレギュラーを持てるようになったのは嬉《うれ》しいが、そのために、一週間に二日、いや、時には三日も、東京に拘束《こうそく》されている。それで、地元広島の、テレビに出演できないことが、たびたび、起きている。当然、東京の分と、地元広島の分と、両方のギャラをもらってもいいわけだよ。第三に、俺たちは、広島に家族がいる。東京に、週に二日も三日もいれば、地元と東京に所帯を、二つ持っているのと同じだ。だから、二所帯分の生活費が、必要になってくる。この三つの理由があるから、俺は、岡本の提案に賛成だ。さっそくＦＪジャパンに対して、出演料の値上げを、要求すべきだと思う」

と、ノッポの酒井が、いった。

「そういわれると、たしかにそんな気もするが――」

そこで、三人は、スポンサーのＦＪジャパンから提供されているミニ・クーパーに乗って、ＦＪジャパンの本社に出かけ、渉外課長の白井に会うことにした。

早速《さっそく》、ノッポの酒井が、白井課長に向かって、出演料の値上げを要求した。

三人の要求に、渉外課長の白井は、びっくりした顔になって、

「しかし、番組が始まって、皆さん方が出演するようになってから、まだ、一カ月しか経っていませんよ。それなのに、いきなり出演料の値上げですか？」

そこで、ノッポの酒井が、値上げを要求する理由三カ条を、白井課長にぶつけていった。

「まず第一に、中央テレビで、ドラマ出演をいただいたのは、われわれ三人が、ただのタレントではなくて、こちらの、大河内会長の愛している姪御さん、大河内由美さんの命の恩人だから。そうですよね？　ですから、普通のタレントさんのように、何カ月経ったから、あるいは、一年経ったからといったような、そんな理由での出演料の値上げとは、わけが違うのです。第二に、中央テレビに出ることは、もちろん、嬉しいのですが、どうしても、広島と東京の二所帯分の経費がかかってしまうのですよ。われわれには、かみさんもいるし、子供もいますからね。それから第三に、これも、忘れていただいては困るのですが、われわれの主な稼《かせ》ぎ場は、広島なんですよ。もちろん、東京のテレビで、活躍させていただいていることは、とても嬉しいですし、ありがたいですが、その分、どうしても、広島のテレビに出る回数が、減ってしまいますからね。その点も、ぜひ、考慮していただきたいのですよ。どうでしょう、今から大河内会長に、電話をしていただけませんか？　われわれが、今いった三つの理由で、出演料の値上げを、要求していると、白井さんから、大河内会長に、伝えてみていただけませんか？」

「わかりました。皆さんから、出演料の値上げの要求があったことは、会長に、伝えましょう。しかし、皆さんも、よくご存じだと思いますが、うちの会長は、あのとおりワンマンですからね。はたして、それだけの理由で、出演料の値上げにＯＫを出すかどうか、保証できませんよ。それでもいいですね？」

白井が、念を押した。

「もちろん、結構です。絶対に、あの会長さんなら、ＯＫしてくれますよ。間違いありません。もしも、駄目だということだったら、私たちは、残念ながら、中央テレビの出演をやめて、広島に、帰ることにしますから」

ノッポの酒井が、脅かした。

2

白井課長は、大河内会長に電話をかけ、恐る恐る、三人の要求を伝えている。

その白井課長の顔が、次第に、明かるくなり、強張《こわば》っていた表情が、笑顔に変わっていった。

どうやら、大河内会長は、三人の要求を、あっさりはねつけるようなことは、しなかったらしい。

その後、しばらく白井課長は、電話で話していたが、電話をすませると、三人に向

かって、笑顔で、

「驚きましたよ」

「何がですか？」

「大河内会長が、皆さんの要求を、ＯＫしたんです」

「そうでしょうね。あの会長さんなら、おそらく、喜んでＯＫしてくださると思っていましたよ」

と、ノッポの酒井が、いった。

「しかし、それにしても、長いこと、話していたじゃないですか？　どういうふうに、決着がついたんですか？」

グラサンの岡本が、きいた。

「大河内会長は、こういわれました。出演料の値上げはＯＫだが、番組に出演している、ほかのタレントさんの手前もあるので、皆さん方三人の出演料を、いきなりあげることはできない。だから、出演料は、今までどおりということにして、その代わりに、皆さん方が、広島から遠い東京にきて、働いていることを考慮して、特別手当を出すようにしたいと思う。この、特別手当については、皆さんが、満足できるような、金額にしたい。ですから、皆さんの口座には、出演料に加えて、特別手当の両方が、振り込まれることになりますから、どうか、ご安心ください」

　白井課長が、にこにこしながら、いった。

「今の話、本当ですよね？　嘘《うそ》じゃないでしょうね？」

　帽子の中島が、白井課長に、念を押した。

「もちろん、本当ですよ。うちの会長は、そんなことで、皆さんに、嘘をつくような方ではありません。今日は、無理ですから、明日、皆さんの要求された出演料の値上げ分、今いったように、出演料はそのままで、特別手当という形で別途振り込まれますから、それを見て納得してください」

　と、白井課長が、いった。

「万歳《ばんざい》だね、これは」

　グラサンの岡本が、小さな声で、二人にいった。

「どうして、君は、そんなに自信が、あったんだ？」

　帽子の中島が、ノッポの酒井に、きいた。

「さっきもいったが、俺たちは、ただの、タレントじゃないんだよ。何しろ、スポンサーのＦＪジャパンにとっては、ちょっと、特別なタレントだからね」

　と、ノッポの酒井が、いう。

「それはわかっているが、何といっても、まだ、番組が始まって、わずか、一カ月だからね」

「そういう考え方が、いけないいんだよ。いいか、俺たち三人は、大河内由美という、ＦＪジャパンの会長の姪で、営業部長をやっている女性を、救ったんだ。命の恩人なんだよ。いいか、ここが、大事なんだ。大河内会長というのは、日本一の、ドラッグストアのチェーン店を、経営している人だ。いわば、人気商売じゃないか？　大河内会長が、もし、俺たちの、要求をはねつけたら、俺は、いってやろうと思っていた。メディアを集めて、俺たちは、大河内会長が、大事にしている大河内由美という姪の命を助けた。そんな俺たちが、ささやかな要求をしたのに、それを大河内会長が、拒否した。こんな会長が、やっているドラッグストアのチェーン店なんて、信用できるのか、そういってやろうと思っていた。そうなったら、いったい、どうなると思う？　百万とか二百万とか、そんな損害じゃ、すまないはずだぞ。大河内会長は、けちな男だと、評判になってしまうから、ＦＪジャパンが、全国展開しているチェーン店の売りあげだって、がたっと、落ちてしまうだろう。おそらく、億単位の損害になってしまうだろうからね。それを考えれば、俺たちの出演料を、少しばかりあげたって、どうってことはないんだよ」

「しかしね」

と、相変わらず、弱気な帽子の中島が、

「俺たちは、たしかに、彼女のことを助けたよ。それは事実だ。だけど、それは、一回だけだからなあ」

そんな帽子の中島に向かって、ノッポの酒井が、いう。

「おいおい、馬鹿なことをいいなさんな。ひとりの人間を、何度も助けるなんて、そんなことはできないよ。助けるのは、一度だけで充分なんだ」

「どうして、一度だけでいいんだ？」

「いいか、俺たちは、大河内由美のことを助けた。だから、彼女は今だって、ＦＪジャパンの営業部長を、やっていられるわけだし、これから先、結婚もできるだろうし、子供だって、産めるんだ。彼女が、そうした、普通の人間としての喜びを摑《つか》めるのも、あの日、俺たちが、彼女の命を助けたからじゃないか？　なあ、そうだろう？」

「なるほど。酒井のいうとおりだよ」

グラサンの岡本が、いった。

「俺たちは、ＦＪジャパンにしてみれば、どこにでもいる、ただの、タレントじゃないんだ。だから、本当なら、出演料を、いくら要求したって、構わなかったんだよ」

　ノッポの酒井は、今度は、白井渉外課長に向かって、部屋の隅にあるワインセラーを、指差しながら、

「そこに並んでいるのは、ワインじゃないですか？」

「ええ、そうです。お客様をもてなす時に出す、年代物のワインですが」

　と、白井課長が、いう。

「そのワイン、飲もうじゃないですか。お祝いですよ。俺たちの特別手当が出るから、そのお祝い」

　ノッポの酒井が、いった。

「お酒なんか、飲んでいいんですか？　今日は、これからまだ、仕事があるんじゃないですか？」

「いや、次回の分の収録は、もう、終わったんです。ですから、明日、こちらの要求どおりに、出演料、じゃなかった、特別手当でしたね。それが、ちゃんと振り込まれていることを、確認してから、広島に帰ります。いわば、その前祝いですよ。あなたも一緒に、飲もうじゃありませんか？」

　グラサンの岡本が、白井課長を誘った。

「お祝いか、いいね。飲もう、飲もう。これで、何か、肴《さかな》があれば、もっといいんだが、いつも、お客さんを、もてなす時は、どうしているんですか？」

帽子の中島が、白井課長に、きく。

「この近くに、コンビニがありますから、何か持ってきてもらいますか？」

「それじゃあ、何か、乾き物を注文して、持ってきてもらってくださいよ。それで、白井さんも、一緒に飲もうじゃありませんか？　乾杯しましょうよ」

グラサンの岡本が、いった。

「しかし、私はまだ勤務中ですから、遠慮しておきますよ」

と、白井課長が、いった。

「もう午後五時ですよ。仕事は、終わりでしょう？」

「いや、まだ、四時三十分です」

「白井さんは、真面目なんだねえ。それじゃあ、今から、俺たちが、そのワインで乾杯しますから、五時になったら、あなたも参加してくださいよ」

ノッポの酒井が、いった。

コンビニから、乾き物が運ばれてきて、部屋の隅にあるワインセラーから、三人は、年代物のワインを取り出してきて、パーティを始めた。

それでも最初は、三人とも、遠慮しながら飲んでいたが、部屋の時計が、五時をすぎたあたりから、次第に、様相が変わってきた。強引に、白井渉外課長を引っ張ってきて、一緒に飲み始め、最初に、グラサンの岡本が、酔っぱらってしまった。

年代物ワインのボトルが、空になって、何本も転がっていく。

最初は大人しかった、白井渉外課長も、ワインを飲んでいるうちに、楽しくなってきたのか、一緒になってわいわい、騒いでいたが、突然、彼の顔色が、変わった。ドアが開いて、大河内会長が、顔を覗《のぞ》かせたからである。

「もうやめだ、やめだ」

白井渉外課長は、三人に向かって、大きな声で、怒鳴《どな》ってから、慌《あわ》てて、ドアのところまで、大河内会長を、迎えに飛んでいった。

白井渉外課長は、少しばかり、呂律《ろれつ》の怪しくなった口調で、

「あの三人が、無理やり、そこにあった、ワインを飲み始めてしまったので、何とか止めようとしたんですが、どんどん、勝手に飲んでしまって。申しわけありません」

大河内会長が、笑顔になった。

「何も、謝《あやま》ることはないぞ。賑《にぎ》やかでいいじゃないか？　私も一緒に、飲みたくなったよ」

と、大河内会長が、いった。

酔っ払っていた三人も、突然、大河内会長が入ってきたので、さすがに一瞬、顔色が、変わったが、大河内会長のほうから、

「私も、ご一緒させていただいていいですかね？」

と、声をかけてきたので、急に、全員がほっとした顔になって、

「ええ、会長さんも一緒に飲みましょう、飲みましょう」

と、はしゃぎ出した。

グラサンの岡本は、少しばかり、図に乗って、大河内会長の大きな体を、抱くようにして、テーブルのところまで、連れてくると、

「会長さんに、お礼を、いわせて下さいよ」

と、酔った口調で、いった。

「俺たちの出演料、いや、特別手当でしたね。それを、出してくださるそうで、嬉しくて」

大河内会長は、大きく手を横に振りながら、

「いや、最初から、もっと皆さんには、多額の出演料を、お支払いしなくては、いけなかったんですよ。何しろ、皆さんは、由美の命の恩人なんですからね。ただ出演料

は、ほかのタレントの、手前もあるので、急にあげることができませんが、その分、特別手当で、充分にお礼をさせていただくつもりですから、期待してください。これからもよろしくお願いしますよ」

と、嬉《うれ》しそうに、いった。

3

三人とも、酔っぱらってしまって、結局、ＦＪジャパン本社の応接室で、そのまま、眠りこんでしまった。

ノッポの酒井が、目を覚ますと、白井渉外課長が、陣頭に立ち、女性社員二人を使って、部屋の掃除をしていた。

二人の女性社員は、空になった、ワインのボトルを片づけたり、グラスを洗ったり、汚れたテーブルを、拭《ふ》いたりしていた。

ノッポの酒井は、白井課長に向かって、

「大河内会長は、どうされました？」

「会長でしたら、昨夜のうちに満足されて、お帰りになりましたよ。皆さん、眠ってしまっていたので、あとでよろしく、伝えておいてくれと、そういっていました」

「そうですか。もう、お帰りになってしまったんですか」

ノッポの酒井が、いった。

「それにしても、あんなににこやかな様子の会長を見たのは、初めてですよ。私なんか、会長が、部屋に入ってきた時、てっきり怒鳴られて、へたをすると、馘《くび》になるのではないかと思って、びくびくしてたんですが、会長は皆さんと一緒になって、実に、楽しそうにワインを、飲んでいらっしゃいましたからね。さすがに、皆さんの立場は、われわれとは違うんだ。ただのタレントではないということが、よくわかりましたよ」

と、白井課長が、いった。

部屋の掃除が終わると、二人の女性社員は、出ていった。その頃になってやっと、グラサンの岡本と、帽子の中島も、目を覚ました。

二人とも、顔を洗うと、ノッポの酒井と同じように、白井課長に、向かって、

「大河内会長は？」

あまりに、羽目《はめ》を外しすぎたことが、やっぱり、心配だったのだ。

「今も、酒井さんに、いったんですが、大河内会長は、満足されて、お帰りになりま

したよ。皆さんが、嬉しそうにワインを、飲んでいるのを見て、納得されたんじゃありませんか?」

と、白井課長が、いった。

午前十時を、すぎた頃になって、グラサンの岡本が、時計を見ながら、

「もう十時をすぎた。銀行が、開いているんじゃないのか?」

「もちろん、もう、開いているが、特別手当を確認したいのか?」

と、ノッポの酒井が、いう。

「当たり前だろう。とにかく、いったい、どのくらいの、特別手当が振り込まれているのか、それが、気になるんだよ。昨日は、特別手当が、出るということで喜んだが、もし、少なかったら、がっくりだからな」

と、グラサンの岡本が、いう。

帽子の中島が、携帯電話を、取り出して、東京に、くることになった時、大河内会長が紹介してくれた銀行に、連絡をとった。K銀行の日暮里支店である。

「中島ですけど、俺の口座に、今日、出演料と特別手当が振り込まれているはずなんで、確認してもらえますか?」

と、帽子の中島が、いった。

「たしかに、今日の十時に、振り込まれています。出演料は、前と同じ金額ですが、特別手当として、一千万円が、中島さんの口座に、間違いなく、振り込まれております」

担当者が、いった。

「一千万円ですね、その金額、間違いありませんか？」

「ええ、間違いありませんよ。失礼ですが、特別手当となっていますが、どんなことを、されたんですか？」

と、担当者が、きく。

「人命救助をしたんですよ。三十代の綺麗《きれい》な女性を、助けたんです。一千万円は、そのお礼ですよ」

と、いって、帽子の中島は、満足して、携帯を切った。

ノッポの酒井と、グラサンの岡本も、自分たちの口座に、特別手当として、それぞれ、一千万円が振り込まれていることを、確認した。

最初は三人とも、その金額に驚いていたが、そのうちに、グラサンの岡本が、

「こんなに簡単に出してもらえるのなら、もっと、吹っかけておくんだったな」

「だから、向こうは、いくらでも出すと、いったじゃないか」

ノッポの酒井が、ほかの二人に、向かって、いった。

「何だ、二人とも意外に、気が小さいんだな。何しろ、俺たちは、大河内由美の、命の恩人なんだぞ。つまり、あの大河内由美という女性の命の値段が、この特別手当だと考えてもいいんだ」

「たしかに、そういえば、そのとおりだな。命の値段だから、一千万円だって、出すだろうし、一億円だって、出すかもしれないな」

と、グラサンの岡本が、いう。

「これからどうする？」

帽子の中島が、きいた。

「仕事は終わったから、広島に帰るんだが、その前に、もう少し、相談しないか？」

「何を、相談するんだ？」

と、グラサンの岡本。

「俺はまだ、ワインの酔いが、残っているから、いったん日暮里の、探偵事務所に戻って、ひと休みしたいんだ。これから先、どのくらいの出演料というか、特別手当をもらったらいいのか、それも相談しようじゃないか？　少しばかり、金銭感覚が、おかしくなってきたからな」

と、帽子の中島が、いった。

4

三人は、まだ酔いが残っているので、タクシーを呼んでもらい、日暮里の探偵事務所に向かった。

三人は、近くの酒屋からビールやワインを届けてもらい、一階の事務所で、三人だけで飲み直すことにした。

ひとり一千万円の乾杯である。

「俺は、酒井に、ききたいことがあるんだけどさ」

グラサンの岡本が、ノッポの酒井に、向かっていった。

「出演料の値上げを要求したら、大河内会長は、特別手当として、ひとり一千万円を、ぽんと振り込んでくれた。それで、俺たちの、知恵袋の酒井にききたいんだけどね、大河内会長は、いったい、どのくらいまで要求しても払ってくれたろうか？　もし、俺たちが、二千万円を要求しても、会長は払ってくれたろうか？」

「俺は、ＦＪジャパンという会社の、去年の利益を調べてみた」

と、ノッポの酒井が、いう。

「去年一年間の、FJジャパンの売りあげは、一千億円だ。純利益は、その半分の、五百億円だった。つまり、あのFJジャパンという会社は、一年間で、それほどの、莫大《ばくだい》な利益をあげているんだ」

「五百億円といわれても、俺には、どうもピンとこないな。俺たちがもらうことになった一千万円の、何倍なんだ？」

グラサンの岡本が、いう。

「簡単だ。一千万円の五百倍だよ」

と、帽子の中島が、いった。

「いや、五百倍じゃない。五千倍だ」

ノッポの酒井が訂正する。

「それなら、ひとり当たり一千万円、三人で三千万円くらい、どうってことはない。軽いもんなんだな」

と、グラサンの岡本が、いう。

「そうだよ。どうってことのない金額だ。何しろ、一年間の純利益が、五百億円なんだからね。一億円の五百倍、一千万円の五千倍だ」

「それなら、あの会長は、俺たちが、特別手当として一億円を要求しても、ＯＫしただろうか？」

と、帽子の中島。

「そうだな。俺たちが、もし、出演料として一億円ほしいといったら、少しは考えるだろうが、あの会長なら、よし、わかったといって、払ってくれたかもしれないな。もちろん、出演料としては、あまりにも高すぎて、いろいろな噂《うわさ》が、立つだろうから、今回と同じように、特別手当という名目でだろうけど、おそらく一億円だって、俺は払ってくれたと、思っている」

「一億円、払うかね？」

「ああ、払うと、俺は見ている」

「しかし、一千万円じゃないんだよ。二千万円でもない。ひとつ桁《けた》が上の一億円だ。それでも払うかね？」

「君たち二人は、どうして、大河内会長がやっている、ＦＪジャパンというドラッグストアのチェーン店について調べようと、しないんだ？　今もいったように、あの会社は、年間の売りあげが一千億円、純利益が、その半分の五百億円もある。しかも、それだけじゃないんだ、あの会社は」

「ほかにも、あるのか？」

「おそらく、資金が豊富なんだろう。だから、今、異業種の会社まで、傘下に入れようとしている」

「異業種って、何だ？」

グラサンの岡本が、きく。

「FJジャパンは、ドラッグストアのチェーン店を、全国展開しているが、ドラッグストアとは違うほかの分野のことだよ。自動車業界とか、テレビ業界とか、カメラ業界とか、そういうのを、異業種というんだ。だから、あの会長は、ドラッグストアだけでは満足できなくて、まったく違った分野の会社を買収して、自分の傘下に、置こうとしているんだ」

「異業種の、どんな会社を、買収しようとしているんだ？」

と、帽子の中島が、きいた。

「そのあたりは、まだ詳しくは、わからないんだが、例《たと》えば、テレビの制作会社とか、カメラの会社とか、そういう会社の買収に動いているらしい」

「それで、その買収は、上手《うま》くいっているのか？」

「ああ、今のところは、上手く、いっているらしい。だから、あの大河内会長は、いつも、自信満々なんだよ」

「そうなると、儲《もう》けだって、さらに、増えるわけだ?」

「ああ、そういうことだ。年間の売りあげ高は、今のところは、一千億円だが、買収が上手くいけば、そのうちに、二千億円になり、五千億円になって、どんどん、増えていくはずだよ」

「そうなれば、俺たちが一億円ぐらい要求しても、あっさり支払ってくれるかもしれないな」

グラサンの岡本が、目を輝かせて、いった。

「まあ、そういうことだ」

「よし、俺は決めた」

グラサンの岡本が、いきなり、大きな声を出した。

「何を決めたんだ?」

ノッポの酒井が、きいた。

「大河内会長が、やっているＦＪジャパンという会社に食いついて、絶対に離れないぞ。そうしておけば、会社の規模が、大きくなればなるほど、俺たちが、特別手当の額を、二倍三倍と要求しても、増やしていっても、あっさり払ってもらえるんだ。こうなったら、一生食らいついて離れないぞ」

「しかし、ただ単に、出演料、あるいは、特別手当の金額を、もっと増やせというだけじゃあ、向こうも、だんだん応じなくなるようになるぞ」

と、ノッポの酒井が、いった。

「じゃあ、早速始めるか」

と、グラサンの岡本が、いった。

「何を始めるんだ？」

と、帽子の中島が、きく。

「決まっているじゃないか。酒井もいっているように、俺たちは、ただの探偵じゃないし、タレントでもない。FJジャパンという、大きな会社の会長が、可愛がっている姪の命を助けた恩人なんだ。だから、命の恩人というところを、強調することをやっておきたいんだ」

グラサンの岡本は、ポケットから、数枚の、はがきを取り出した。

「俺たちは三人とも、大河内由美という女性の命の恩人だ。だからこそ、今、こうやって、大金をもらえるんだ。ただ、彼女を助けてから、もう数カ月経ってしまっている。このあたりで、俺たちが、命の恩人であることを忘れないように、大河内由美に、手紙を、書くんだよ。そうすれば、彼女は、その手紙を、会長の大河内に見せるに違いない。そうしておかないと、俺たちが、命の恩人であることを、向こうが、忘れてしまうと、困るからな」

グラサンの岡本は、ボールペンを取り出して、はがきに、大河内由美に対する挨拶《あいさつ》の手紙を書き始めた。

〈大河内由美様

お元気ですか？　その後は、いかがおすごしですか？

早いもので、あの事故が起きてから、もう数カ月が経ちましたが、あなたの怪我の状態がどうか、心配しております。

あなたのお陰で、大河内会長から、私たちは、中央テレビの、ドラマ番組を持たせていただいたり、出演料として過分なギャラをいただいております。これはすべて、あなたのお陰です。

私たちが皆様に感謝していることをぜひ、大河内会長によろしくお伝えください。

グラサンの岡本こと岡本啓〉

グラサンの岡本が書き終わるのを待って、ノッポの酒井と帽子の中島も、すぐ賛同してグラサンの岡本から、はがきをわけてもらって、大河内由美に手紙を書き始めた。

「こうやって、手紙を出しておくことは、たしかに、必要かもしれないな。向こうさんに、俺たちが命の恩人だということを、忘れさせないためにもね」

と、ぶつぶついいながら、帽子の中島とノッポの酒井が、手紙を、書いていく。

書き終わると、

「よし、手紙も、書き終わったし、それじゃあ、そろそろ、広島に帰ろうじゃないか？　かみさんの顔は、どうでもいいけど、子供の顔は、見たくなった」

ノッポの酒井が、いった。

5

世田谷警察署に置かれた捜査本部には、少しばかり、重苦しい空気が、漂《ただよ》っていた。捜査を進めても、容疑者が、一向に浮かんでこないのである。

羽田自動車工業社長の羽田五郎を、撃った問題の拳銃は、科捜研の調べで、どうやら、改造拳銃らしいとわかった。羽田五郎の体内から、取り出された二発の弾丸に、本来ならあるべき銃特有の、線条痕がついていなかったのだ。

改造拳銃では、拳銃のほうから、犯人に近づくことは、難しい。何しろ、模造拳銃や、モデルガンは、いくらでも売っているし、弾丸を発射する装置を、鋼鉄製に替えれば、誰でも、簡単に、改造拳銃が作れるからである。

ただし、容疑者が、浮かんでこないといっても、被害者の羽田五郎、六十五歳を殺したいと思っていた人物は、何人も見つかった。

なかでも、いちばん、羽田五郎のことを憎んでいたと思われるのは、羽田五郎の、元友人で、会社を創設した時に、一緒だった五人の仲間である。

その五人を、羽田五郎は、次々に、会社から追い出していき、六人で立ちあげた会社は、とうとう、羽田自動車工業株式会社という、羽田五郎のワンマン会社に、なってしまった。

もうひとり、容疑者として、捜査線上に浮かんでいるのは、赤坂のクラブのママ、安藤恵美子、三十五歳である。

羽田五郎は、五歳年下の、恵子と結婚し、駒沢に、豪邸を構えていたが、百万円の小型車の販売で成功し、会社が、大きな利益をあげるようになると、接待と称して銀座や赤坂で、毎晩のように遊ぶようになり、そして、赤坂のクラブのママ、安藤恵美子と親しくなっていった。

安藤恵美子と、羽田五郎の間には、ひとつの噂があった。

安藤恵美子に向かって、羽田五郎は、前々から、

「妻とは、もう、何年も前から、上手くいっていない。だから、そのうちに、離婚して、お前と一緒になる。待っていてくれ」

といっていたという噂だった。

それがもし本当なら、いつまでたっても、離婚しようとしない羽田五郎に対して、安藤恵美子が、腹を立てていただろう。

羽田五郎を殺す動機を、安藤恵美子が、持っていたことになる。

そこで、十津川は亀井と安藤恵美子がやっている赤坂のクラブにいって、恵美子に、会ってみた。

さして大きな店ではなかった。ホステスが七、八人、それに、バーテンがひとり、それだけの、クラブである。

安藤恵美子は、色白で、たしかに、美人ではあるが、どこか、冷たさの感じられる

雰囲気を持っていた。

十津川が、警察手帳を見せると、安藤恵美子は、いきなり、

「刑事さんは、私のことを、疑っているんでしょう？　だから、ここにきたんじゃありません？　はっきりいっておきますけど、私は、羽田さんを、殺してなんかいませんよ」

「殺していないことを、証明できるんですか？」

「ええ、もちろんです。私には、ちゃんとしたアリバイが、ありますから」

恵美子の言葉に、十津川が、微笑した。

「われわれ警察は、直接、あなたが、銃を撃って、羽田五郎さんを、殺したとは思っていませんよ。何しろ、銃は、二発発射されているんです。女性ならば、こんな荒っぽい殺し方は、しませんからね。もし、あなたが犯人なら、誰かに頼んで、羽田五郎さんのことを、殺してもらおうと、するんじゃありませんか？」

十津川が、いう。

「そんなこと、私は、していませんよ。別に、羽田さんに、死んでもらったって、私には、何の得にもなりませんもの。どうして、私が、羽田さんを、殺さなくてはいけないんです？」

恵美子がいう。

「亡くなった羽田五郎さんですが、何でも、奥さんとわかれて、あなたと一緒になる約束を、していたという噂をきいたんですよ」

「たしかに、そんなことを、羽田さんが、口にしたことはありますけどね。でも、結婚している男の人が、そういうことをいう時は、こちらの気を、引くための嘘に、決まっていますから、私は、そんな言葉なんて、まったく、信用なんかしませんの。きき流していましたよ」

恵美子が声に出して、笑った。

しかし、その目は、笑っていなかった。

（やはり、彼女は、羽田五郎との結婚を望んでいたんだ。となると、彼女には、動機があることになる）

と、十津川は、思った。

次に、十津川は、店が、休みの日に、七、八人いるホステスのひとりに、会いにいった。

店での名前は由佳理《ゆかり》という、二十五、六歳の女である。四谷《よつや》三丁目の、マンションに住んでいるので十津川は、彼女を近くの喫茶店に、呼び出して、亀井《かめい》と話をきくことにした。

「ママの、安藤恵美子さんという人は、かなり、気の強そうな人だね？」

と、十津川が、いった。

由佳理が、笑う。

「そうでしょう。刑事さんにも、わかりました？　恵美子ママって、怒ると、やたらに怖いの」

「亡くなった羽田五郎さんは、お店をよく使っていて、それで、ママと、仲よくなったときいたんだが、二人は、どの程度仲がよかったのかな？　噂では、羽田五郎さんは、奥さんとわかれて、ママと一緒になりたいといっていたというんだが、本当かな？」

「羽田さんが、お店で、酔っぱらった時に、そういったんですって。ホステスのひとりが、その席にいて、羽田さんが、そういうのを、きいたといっていたから、それは、間違いないみたい」

「でも、この間、ママにきいたら、たしかに、羽田さんは、そういっていたけど、そんなことは、嘘に決まっているから、信用なんかしていなかったと、いっていたんだが」

「たぶん、ママのその言葉は、嘘だと思うわ」

と、由佳理が、いった。

「どうして？」

「ママが、羽田さんとよく電話で話していて、冗談とも本気ともつかない感じで、ママは、いつになったら、結婚してくれるのみたいなことをよくいっていたから」

「羽田五郎さんのほうは、どうだったんだろう？　彼には、五歳年下の、奥さんがいたんだけど、本当に、離婚して、ママと結婚する気があったんだろうか？」

「さあ、どうなのかしら？　男の人って、出世すると、それまでの奥さんと、離婚して、新しい人と結婚するというケースが、多いから、もしかしたら、羽田さんも、そうだったのかもしれないわ」

十津川と亀井は、今度は駒沢の豪邸に、羽田の妻、恵子を、訪ねていった。

羽田五郎が殺された時に、一度、彼女に会っている。それ以来、彼女に会うのは、これが、二度目である。

その恵子が、十津川に、

「亡くなった主人が、社長をしておりました羽田自動車工業ですけど、今回、私が、跡を継ぐことになりました」

と、いって、羽田自動車工業社長の名刺を、渡してよこした。

最初に会った時は小柄で、何となく、頼りなげに見えたので、羽田自動車工業株式会社の将来は、何となく、不安だと思っていたのだが、今日、改めて恵子に会い、社長の名刺を渡されると、以前とは、違って見えた。目にも光があるし、言葉にも、自信があふれていた。

それでも、きくだけのことは、きかなければと思い、十津川は、

「亡くなったご主人の羽田五郎さんが、赤坂で、小さなクラブのママをやっている安藤恵美子という女性と、親しかったことは、ご存じですか？」

「ええ、もちろん、しっていましたわ」

恵子が、はっきりとした口調で、答えた。

「それは、ご主人から、おききになったんですか？　それとも、会社の誰かから、おききになったんですか？」

「そんなことは、どちらでも、いいじゃありませんか？　私が、しっていたことは、間違いないんですから」

と、恵子が、いう。

「そのことで、ご主人と、喧嘩《けんか》をされたことはありますか？」

十津川が、きくと、恵子が、微笑した。

「そのことも、もう、どちらだっていいでしょう。主人は、亡くなってしまったんですから」

「安藤恵美子さんが、ご主人とのことについて、電話で、何かいってきたことが、ありますか？」

「いいえ、一度も、ありませんけど。そのことが、何か、問題なんでしょうか？」

「いや、これは、私が、お答えすることではないと思います」

と、十津川が、いった。

その後、顧問弁護士が、訪ねてきて、十津川たちは、それを機会に、羽田邸を辞することにした。

十津川は、次の日、その顧問弁護士に会った。

田坂《たさか》という、五十歳の弁護士である。

「昨日、駒沢の屋敷で、お見かけしたんですが、どんな用件で、いかれたんですか？」

十津川が、きいた。

「社長の羽田五郎さんが亡くなったので、遺産の件とか、羽田自動車工業の現在の状況とかを、説明にいったんです。今度、奥さんが、社長になることになって、そうしたことを、しりたいとおっしゃったので、参上したんです」

「再度、確認しますが、今回、奥さんが羽田自動車工業の、新しい社長になったので、会社の経営状況を、しりたいといわれたんですね？」

「そうです。いろいろとご説明するために、昨日は、お伺《うかが》いしました」

「奥さんの恵子さんですが、どうなんですか、社長として、やっていけそうですかね？」

十津川が、きいた。

「それは、正直にいって、私にもわかりません」

「しかし、昨日は、新しく社長になった奥さんに、羽田自動車工業の、経営状況などを説明されたんでしょう？」

「そうです。説明いたしました」

「それなのに、奥さんが、社長としてふさわしいかどうかわからないんですか？　あなたの話を、きいている、奥さんの様子を見れば、社長として、やっていけるかどうかは、わかるんじゃありませんか？」

「これはまだ、内密なことなので、他言しないと、約束していただけますか？　もし、約束していただけるのであれば、お話しいたしますが」

「もちろん、約束します」

「実は、羽田自動車工業ですが、前々から買収の話が、出ているんです。羽田五郎さんが社長をやっていた頃には、羽田社長は、買収には絶対に、反対だといっていました。その羽田社長が亡くなったあと、奥さんの恵子さんが、社長になることが決まりましたが、その買収話に、ＯＫを出すのではないかと、そう思っているんです。奥さんが、いきなり、社長になっても、会社が上手くいくかどうかは、わかりませんから、そんなことより、正当な値段で、買収しようという話があれば、それを受けたほうが、いいのではないかと、私も、奥さんにいっていますし、奥さんも、今もいったように、その買収の話に、ＯＫを出す気になっているようなんです。ですから、警部さんに、奥さんが社長として、やっていけるかときかれても、正直なところ、返事に困ってしまうのですよ」

と、田坂弁護士が、いった。

「羽田自動車工業を、買収しようとしているのは、どこの自動車会社なんですか？」

「実はそれが、自動車会社では、ないんです」

「自動車会社ではない？」

「ええ、異業種なんです。相手は、自動車会社では、ありません」

「もう少し、詳しい話を、きかせていただけませんか？　いったい、どういう会社が、羽田自動車工業を、買収しようとしているんですか？」

と、十津川が、重ねて、きいた。

「これもまだ、内密の話なので、そのつもりできいていただきたいのですが、全国チェーンを、展開しているＦＪジャパンというドラッグストアの会社があるんですが、その会社が、羽田自動車工業を、買収しようとしているんです」

と、田坂弁護士が、いった。

第五章　罠《わな》と三人の男たち

1

月が替わって最初の仕事は、東京を離れて、軽井沢《かるいざわ》でのドラマの収録だった。

三人に渡された脚本によれば、丸田幸恵《まるたゆきえ》という五十歳の女性が、住んでいる軽井沢の自宅で飼っているペンギンが、一週間ほど前から行方不明になった。それを探す仕事を、三人が引き受けたという設定になっていた。

問題は、丸田幸恵という、五十歳の女性だった。

今までは、かなり有名なタレントが毎回起用されて、ゲスト出演している。今回の脚本を見ると、丸田幸恵、五十歳と書いてあるだけで、そこにタレントの経歴はなかった。

白井課長にきくと、今回はタレントではなくて、軽井沢に住んでいる本人が、出演することになったという答えが返ってきた。

その屋敷で丸田幸恵に会うことになっていて、そこに向かう車のなかで三人は、彼女が、どんな女性なのかということで、勝手な想像を交《か》わしていた。

「丸田幸恵という女は間違いなく、大河内会長の彼女だと思うね」

グラサンの岡本が、自信ありげな口調で、いった。

「どうして、そう思うんだ？」

と、ノッポの酒井が、きく。

「丸田幸恵の五十歳という年齢を考えてみろよ。たぶん、彼女が若い時、大河内会長と知り合ったんだ。そこで、関係ができた。しかし、人のいい会長は、むげに彼女との縁は切れないで、ずっと、彼女との関係を続けていたんだ。軽井沢の屋敷だって、会長が買ってやったものだろう。ここにきて丸田幸恵は、人気のドラマに出たくなってきた。もしかすると、若いころは売れない女優だったのかもしれないね。それで、ドラマのスポンサーの大河内会長に、何とかドラマに出してくれと頼んだんだ。その結果が、俺たちが素人《しろうと》の相手をする形になったんじゃないかな。いずれにしても、よくあるケースだよ」

「よくあるケースか？」

帽子の中島がきく。

「いつだったか、広島テレビでも似た話があったじゃないか？　なんだかしらないが、女優でもない女が、やたらに出てくる。何か、おかしいなと思っていたら、スポンサーの彼女だった。たしか、そんなことがあったじゃないか」

と、いって、グラサンの岡本が、笑った。

「そういえば、われわれの広島のHSプロだけどね、社長のご機嫌が、最近ちょっとよくないんだよ。俺たち三人の目が、東京のほうばかりに向いていて、広島で作るドラマやクイズ番組なんかに出ても、何となく疲れたような顔をしていて、面白くない。あれでは困る。ほかの二人にもよくいっておいてくれと、俺は、社長にいわれた」

ノッポの酒井が、いった。

「そういえば、俺が宮本《みやもと》社長に会った時も、ご機嫌が悪かったな。ぶつぶつ文句ばかりいっていた」

帽子の中島が、うなずいた。

「それは、宮本社長の自業自得《じごうじとく》だからね。仕方ないよ」

と、グラサンの岡本が、いった。

「そうかな？」

「だってそうだろう。社長は、俺たち三人に、三年以内に、東京のテレビでも人気者にしてやると約束したんだぜ。ところが、三年経った今だって、俺たちは、広島だけのタレントだ。要するに、口ばかりで力がないんだ。だから、社長にしてみれば、なおさら俺たちが最近、東京のテレビに出ているのが、しゃくで仕方がないのさ」

「どうだろう、これから先、宮本社長がうるさいことばかりいってくるようだったら、いっそのこと、HSプロを飛び出してやろうじゃないか？　今のこの状況なら、東京オンリーでも、充分食っていけるぞ」

帽子の中島が、息まくと、グラサンの岡本も、

「たしかに、中島のいうとおりだ。今さら宮本社長に頼らなくたって、俺たちだけでやっていけるぞ」

と、いった。

「まあ、そのことは、しばらくは口にしないほうがいいな」

ノッポの酒井が、なだめるように、二人に、いった。

軽井沢に着くと、三人は、問題の女性、丸田幸恵を紹介された。

旧軽井沢の、いかにも、これこそ軽井沢の建物だという感じの、クラシックなたたずまいの屋敷のなかで、丸田幸恵は、にこやかに、三人を迎えた。

脚本には、五十歳という年齢が書いてあったが、それより、ずっと若く見えるし、今でも充分に美人である。

丸田幸恵は二人のお手伝いと、運転手の四人で、ロケ隊を待っていた。

ひと休みのあと、ワインを飲みながら、脚本の検討に入った。

「先日いただいた脚本によると、この屋敷から、ペンギンが一羽逃げて、それを、われわれ三人が、探すということになっているんですが、これはもちろん、本当の話じゃありませんよね？」

ノッポの酒井がきくと、丸田幸恵は、笑って、

「いいえ、本当の話ですよ。うちには、庭にプールがあるんですけど、そこに二羽、小さなペンギンを、飼っているんです。あとでお見せしますよ」

「ペンギンって、個人が勝手に飼っても、いいんですか？」

帽子の中島が、目を剝《む》いた。

それに対して、ディレクターの和田《わだ》がいう。

「ええ、ペンギンは、飼育が、禁止されている動物ではありませんから、飼おうと思

えば、誰でも、飼えるんですよ。ペットショップにいけば、実際に売っていますからね」

2

ワインのあと、丸田幸恵自身が、母屋の隣にある二十五メートルのプールに、三人と、ディレクターの和田を、案内した。

高い塀《へい》で囲まれた庭のなかにプールがあり、そこで、庭のペンギンが泳ぎ回っていた。

背の高さが五十センチくらいの、小さなペンギンである。

泳ぎ回っている二羽の、ペンギンを見ながら、和田が、

「こうやって見ると、ペンギンって、なかなか可愛いもんですね。名前はついているんですか？」

と、幸恵に、きいた。

「ええ、もちろん、ついていますよ。武蔵《むさし》と小次郎《こじろう》です」

だという。

「それはまた、ずいぶん、いかめしい名前ですね。武蔵も、小次郎も、有名な剣豪の名前でしょう？　こんな可愛らしいペンギンに、どうして、そんな強そうな名前をつけたんですか？」

「それは、私の趣味」

とだけいって、幸恵が、笑った。

グラサンの岡本が、隣にいる帽子の中島の脇を突っついて、

「やっぱりだよ」

と、小声で、いった。

「やっぱりって、何が？」

「大河内会長の趣味は、剣豪ドラマなんだ。いちばん好きなのは、宮本《みやもと》武蔵だと、きいたことがある。だからさ、やっぱり、会長の彼女なんだよ」

と、グラサンの岡本が、いった。

「脚本によると、このうちの一羽がいなくなって、それが、誘拐だとわかるということになるんですが、大人しいのは、どちらですか？」

和田がきく。

「二羽とも、いつも、元気いっぱいで動き回っているけど、どちらかといえば、小次

郎のほうが大人しいかしら」

「見わけがつきますか？」

「ちょっと小さいほうが、小次郎」

と、幸恵が、いった。

脚本では、最初は、単なるペットのペンギンの行方不明だったが、三人が、軽井沢周辺を捜索しているうちに、これは、誘拐事件だと気がつく。ペンギンを、誘拐すれば、ペンギンを溺愛《できあい》する丸田幸恵が、必ず身代金を払うだろうと考えて、ペンギンを誘拐した。最後には、三人の活躍で、監禁されていたペンギンが、無事救出されるというストーリイである。

タイトルは「ペンギンの身代金」である。

何とか、夕方までに、収録を終えると、そのあとは、パーティになった。どうやら、丸田幸恵はパーティ好きのようだった。

三人とも、少しばかり、ワインを飲みすぎて酔ってしまい、決められた部屋に入ると、すぐ、ベッドにもぐりこんでしまった。

脚本のなかの、ドラマの事件ではなく、本当の殺人事件が起きたのは、その夜のことである。

殺されたのは、この屋敷の主人、丸田幸恵、五十歳だった。

パーティのあと、幸恵は、少しばかり乙女《おとめ》チックに飾ってある、お気に入りの寝室に入って、眠りこんだ。翌朝、通いのお手伝い二人がやってきて、朝食の支度《したく》をすませたあと、いつものように、寝室に、丸田幸恵を起こしにいった。

ドアをノックして、声をかけても、一向《いっこう》に返事がない。

そこで、二人で、ドアを開けてみると、なかから錠がかかっていなかったので、寝室に入ると、まだ、ベッドのなかにいる丸田幸恵を見つけた。

最初は、まだ、眠っているのかと思ったが、よく見れば、首を絞められて、死んでいたのである。次の瞬間、広い屋敷のなかは、大騒ぎになった。

長野《ながの》県警捜査一課の、刑事たちと、鑑識がやってきた。捜査の指揮を執《と》るのは、捜査一課の、近藤《こんどう》という、三十代の警部である。

近藤警部が、最初に首をかしげたのは、犯人の動機だった。

前日の昼前から、午後七時近くにかけて、屋敷を舞台にして、ドラマの撮影がおこなわれた。その後、撮影スタッフ五名、ディレクターの和田、三名のタレント、そして、殺された丸田幸恵、もうひとり、運転手は、この屋敷に泊まりこんだ。

お手伝いの二人は、通いだったので、パーティが始まる頃には、すでに、自宅に帰っていたという。

はたして、屋敷に泊まりこんだ人間のなかに、丸田幸恵を殺した犯人が、いるのだろうか？

屋敷は、持ち主が死んで遺産になっている。ほかに、五千万円近い預金。この遺産を引き継ぐ権利のある人間が、昨夜、泊まりこんだ人間のなかにいるのかということだった。

近藤警部は、この点を慎重に調べたのだが、泊まった人々のなかに、遺産を引き継ぐ人間は、見つからなかった。つまり、丸田幸恵を殺しても、何か得をする人間は、泊まった人間のなかには、ひとりも見つからないのである。

ところが、二人のお手伝いのうちのひとりの証言によって、急に、捜査の壁が、ぽっかりと穴を開けたのである。

そのお手伝いは、今年六十一歳で、丸田幸恵の屋敷で、十年以上も働いているという女性だった。

そのお手伝いのことを、丸田幸恵は信頼していて、いろいろと、秘密に属するような話も、きいていたと、近藤警部にいった。

そのお手伝い、野村満知子《のむらまちこ》、六十一歳が、近藤警部に向かって、こんなことを、証言したのである。

「幸恵ママは、万一に備えて、金塊を何本も持っていましたよ。その一本を、見せてもらったことがあるんです。たしか、時価で一千万円くらいのものを、二十本も持っていると、おっしゃっていました」

「その金塊ですが、いつもは、どこに、置いてあるんですか？」

と、近藤警部が、きく。

「寝室です。正確な場所はしりませんが、寝室のどこかに、隠してあると、おっしゃっていましたから」

と、野村満知子が、いった。

そこで、刑事たちは、広い寝室のなかを徹底的に、調べた。

その結果、寝室の壁の一部が、隠し扉になっていて、そこに、金庫が隠されているのが発見された。

しかし、刑事のひとりが、開けてみると、金庫のなかは、空っぽだった。

近藤警部は、

（これで、犯人の動機がわかった）

と、思った。

犯人は、昨夜、寝室で眠っていた、丸田幸恵の首を絞めて殺し、寝室の壁にはめこまれた金庫のなかから、二十本の金塊を盗み出したに違いない。

お手伝いの話によれば、一本が一千万円くらいだというから、二十本では、二億円相当ということになる。

ただ、犯人にしてみれば、夜のうちに逃げ出したのでは、簡単に、犯人とわかってしまう。そこで、犯人は、何食わぬ顔をして朝を迎え、自分が疑われなくなってから、二十本の金塊を持って、この屋敷を、離れるつもりなのだ。

近藤警部は、全員を広間に集めて、こう宣言した。

「これから、皆さんの持ち物を、調べさせていただきます」

金塊のことは、いわなかった。それに、金塊が二十本である。所持品のなかに、そんなにかさばる物を、隠すことはできないだろう。

そこで、近藤がマークしたのは、車である。現在、この屋敷には、三台の車が駐《と》まっていた。一台は、丸田幸恵の車で、運転手は、今日まで五年間、幸恵に仕えていた地元の、運転手である。

もう一台は、撮影のためにスタッフが乗り、収録機器などを、運んできたワゴン車である。

そして三台目は、グラサンの岡本たち三人が乗ってきた、ベンツである。この車は、大河内会長が、広島の三人が東京で仕事をする時、自由に乗ればいいといって、買ってくれた車である。

その三台の車を調べた結果、グラサンの岡本、ノッポの酒井、帽子の中島の三人が乗り、自分たちで、運転してきたベンツのトランクの奥に、二十本の金塊が、隠されているのが発見された。

三人は、こもごも、

「自分たちは、こんな金塊など、見たこともない」

「なぜ、自分たちの車に、こんなものがあるのか、まったくわからない」

「俺たちとは、関係ないよ」

と、主張した。

しゃべることが専門の三人だから、そのやかましさは、尋常《じんじょう》ではなかった。しゃべり続けるのだ。

「金塊のことなんか、何もしりませんでしたよ。亡くなった、この屋敷のママさんが、金塊を持っていたなんていう話は、誰からも、きいていません」

「もし、僕らが、金塊がほしくて盗んだとしたら、こんな車のトランクなんかには、隠しておきませんよ。どこか、別のところに隠しておいて、一カ月か二カ月経ってから、取りにきますよ」

「そもそも、俺なんかは、金塊よりも、現金のほうがほしいから、現金が置いてあったのなら、黙って持っていったかもしれませんが、金塊なら、そのままほうっておきますよ。金塊を盗んで、金に換《か》えたら、すぐに、ばれるに決まっていますからね」

三人は、そんなことを並べ立てたが、近藤は、三人のいい分を、黙ってきいたあとで、

「皆さんの車の、トランクから問題の金塊が見つかった以上、署にきていただき、詳しく、お話をきかなければなりません。とにかく、金塊を盗み出した容疑で、皆さんを逮捕します」

と、強い口調で、いった。

丸田幸恵が、殺されていた寝室の壁や机、ドアなどから、採取された指紋についても、慎重に調べていた。三人組の指紋も、寝室のなかから、見つかった。

しかし、ほかの人間の指紋もすべて、寝室から採取されていた。お手伝いの話では、丸田幸恵は、屋敷の自分の寝室が自慢で、屋敷にきた客はひとり残らず、寝室に案内しているというから、寝室に全員の指紋がついているのは、当然だったのであ

る。

「弁護士を呼んでくれ」

三人のうち、ノッポの酒井が、要求した。

「どこの何という弁護士を、呼べばいいのかね？」

と、近藤が、きいた。

そこで、三人は、迷ってしまった。大河内会長の、弁護士がいる。会社の弁護士もいる。しかし、いずれも、東京の弁護士である。

そこで、三人が、いった。

「広島に、相沢《あいざわ》という弁護士がいる。彼を呼んでくれ」

3

十津川は、捜査本部で、軽井沢で起きた殺人事件のことをしった。

十津川は、羽田自動車工業社長の、羽田五郎が射殺された殺人事件を、追っているのだが、まだ、犯人の手がかりが、摑《つか》めずにいた。

そんな、苦闘をしている十津川にも、軽井沢の事件は、簡単には、見逃せなかった。

亀井刑事も、同じ思いだったらしく、捜査本部に、事件を扱った新聞を持って現れた。

「警部も、この事件は、気になったんじゃありませんか？」

亀井の質問に十津川が、うなずいた。

「私も気になったので、新聞を、何度も読み返したんだ」

と、十津川が、いった。

「最初は、われわれの捜査とは、まったく関係のない事件だと思ったのですが、ＦＪジャパンの、大河内会長の名前が出てくると、大河内会長で、二つの事件は繫《つな》がっているんじゃないかと思ったのです」

「そうなんだよ。軽井沢の事件では、容疑者として、三人の男が、逮捕されている。いずれも、広島の芸人たちだ。この三人は、今、カメさんのいった、ＦＪジャパンの大河内会長が、わざわざ東京に呼んで、会社がスポンサーになっているドラマの、主役に抜擢《ばってき》している」

「ええ、そのことは、私もしっています。それから、妙な噂も、ききました」

と、亀井が、いう。

「妙な噂？」

「軽井沢で殺された、丸田幸恵という女性ですが、大河内会長の、愛人ではないのかという噂なんです。警部は、その噂をご存じでしたか？」

「それらしい噂なら、私の耳にも入っている。だから、なおさら、この事件が気にかかるんだが、今のところ、われわれが、追っている事件と関係があるという証拠は、見つかっていないんだよ」

「それでは、これからどうしますか？」

「さっき、軽井沢警察署に、電話をした。事件の詳細をしりたいといっておいたから、向こうの捜査が一段落したら、三人を連れてくるはずだ」

と、十津川が、いった。

4

翌日、広島から、相沢弁護士が、軽井沢に飛んできた。

今年六十五歳だという、ベテラン弁護士の相沢は、三人とは、彼らがまだ無名の頃からのつき合いだという。相沢は、三人が、所属しているHSプロの、顧問弁護士なのだ。

　相沢弁護士は、軽井沢警察署で、三人に会うなり、

「いったい、どうしたんだ？」

「どうしたも、こうしたもあるもんですか。俺たち三人に、金塊二十本を、盗んだという容疑がかけられているんですよ。そんな金塊、見たことも、きいたこともないといっているのに、警察は、俺たちのいうことを、まったく信用してくれないんです。警察は、盗まれたのは二億円相当の、金塊だといっていますが、そんな金塊、俺たちは、一度も、見たことがないんですよ」

　三人を代表する形で、ノッポの酒井が、いい、帽子の中島とグラサンの岡本が、それにうなずいた。

「俺たちは、ただ、軽井沢の屋敷にいって、ドラマの収録をしただけなんですよ。それだけで、殺人と窃盗の、二つの容疑をかけられているんです。とにかく、早く何とかしてくださいよ。俺たちは、金塊がほしくて、人を殺すような人間じゃありません。もし、金塊がほしければ、人殺しなんかしないで、金塊だけを盗み出しますよ。そんなことくらい、相沢さんも、よくわかっているでしょう？」

　三人が、いっせいに、しゃべり出した。

「まあ、ちょっと、待ってくれ」

と、三人で手で制してから、相沢弁護士は、

「HSプロの宮本社長がいっていた。広島で、堅実に、仕事をやっていればいいのに、東京に出ていって、ちゃらちゃらしているから、こんな目に遭《あ》うんだよ。この件が片づいたら、すぐに、広島に帰ってきて、二度と、東京にはいくな。宮本社長は、そういっていたよ」

「しかし、俺たちは、宮本社長に迷惑をかけているわけじゃないですよ」

「そもそも、宮本社長が、俺たちのことを、ちゃんと売り出してくれていれば、こんな馬鹿な目に遭うことは、なかったんだ。悪いのは、宮本社長ですよ。社長のやり方に不満があったから、俺たち三人は、東京に出てきたんだから」

「宮本社長は、気が小さいから、俺たちが警察に捕まったというんで、おろおろしているんじゃないの？」

三人が、またいっせいに、しゃべり出した。

「まあ、きいてくれ」

相沢弁護士が声を荒げた。

「私だって、君たちが人を殺して、二億円相当もの金塊を盗んだなんて、考えてな

い。そんな大きなことが、できる奴じゃない。君たちのことは、昔からよくしっているからね。君たちは、せいぜい女を騙すのが精一杯の小悪党だ。君たちは、わーわーといつもうるさいが、気が小さいからな。大それたことができるような大悪党じゃない」

「そうそう。俺たちは小悪党だよ。警察にそのことを話して、すぐに、俺たちを、釈放してもらってくれ」

「そんな簡単じゃないんだ。これから、君たちを逮捕した捜査一課と話し合わなくちゃいけないんだよ。ああ、それから、変な噂が立っているのをしっているのか？」

「変な噂って何ですか？」

「軽井沢で殺された、丸田幸恵という女のことだ。彼女は、君たちが、厄介《やっかい》になっているFJジャパンの、大河内会長の愛人だという噂だ」

「やっぱりそうか」

と、グラサンの岡本が、いった。

「しっていたのかね？」

「三人で、そのことをしゃべっていたんですよ。それ以外に、人気のあるドラマに、女優でもない素人の女を、出演させることなんて、ありませんからね。たぶん、女のほうから、番組に出してくれと、大河内会長に頼んだに違いないと、俺たちは、思っているんですよ」

「大河内会長と、つき合っていたみたいなことを、丸田幸恵という女は、君たちに、しゃべったことがあるのか？」

「いや、わざわざ、自分のほうから、大河内会長との関係なんか、いいませんよ。ただ、彼女が、番組のスタッフに対して、やたらに馴《な》れ馴《な》れしいし、威張《いば》ってもいるから、ああ、これは、スポンサーの女だと、ピンときたんですよ」

グラサンの岡本が、急に元気がよくなった。

「警察は、君たちが、丸田幸恵を殺して、二十本の金塊を盗んだという疑いを、持っているんだ」

「疑いを持っているどころかあの警部は、俺たち三人が、丸田幸恵を殺して、金塊を奪ったと信じこんでいるんですよ。金塊は、寝室の壁に埋めこんだ、金庫のなかに、隠してあったそうだから、丸田幸恵を殺さなければ、盗み出すことができないんですよ。だから、警察は、俺たちが、両方やったと決めつけてるんだ」

「疑ってはいるが、君たち三人は、今のところ、金塊を盗んだ容疑だけで逮捕されている。だから、警察は、丸田幸恵を殺した容疑を、君たちに向けてくるはずだ。もし、君たちが、殺したと断定されたら、それこそ、助からんぞ。私もここに留《とど》まって、何とか、君たちを助けたいと思っている。そこで、君たちにきくんだが、丸田幸恵が殺されたのは、ドラマの収録が終わった次の日の、午前一時から二時までの間ということになっている。その頃、君たちは、どこで、何をしていたんだ？」

「寝ていましたよ。何しろ、仕事が終わってからパーティが開かれて、皆で、ワインを、飲みまくりましたからね。三人とも酔っぱらっちまって、部屋に戻ると、すぐに寝てしまいましたよ。そのあとは、朝までぐっすりです」

「三人で一緒の部屋にいたわけじゃないんだろう？」

「もちろん、そうです。それぞれ個室があてがわれて、ひとりひとりが、別々の部屋で寝ていました」

「そうなってくると、お互いがどうしていたのかの証言は、かなり、難しくなってくるな」

「そりゃあそうですよ。それぞれが自分の部屋に入って、すぐに、寝てしまったんですから」

ノッポの酒井が、同じことを、繰り返した。

「弁護士として、しっておきたいことがあるから、これから、君たちに質問をする。

正直に答えてくれ」

　相沢弁護士は怖い目になっていた。この三人の弁護は大変だと思ったのだろう。

「まず第一は、殺された丸田幸恵のことを、前からしっていたのか？　それとも、ここにきて、初めてしったのか？　そのどちらだ」

「もちろん、ここにきて、初めてしったんです。それまでは、会ったこともない女です」

　ノッポの酒井が、いうと、帽子の中島が、

「収録の前に、小川さんから、脚本をもらっていましたから、丸田幸恵という名前は、しっていましたよ。ただ、そんな名前の女優がいたかなと思って、首をかしげていたんです。そうしたら、岡本が、妙なことをいったんです」

「妙なことじゃない。まともなことだよ。きっと、ドラマのスポンサーになっている、ＦＪジャパンの、大河内会長の愛人に違いない。俺は、そう睨んだんだ。間違ってなかっただろう？」

「しかし、そのことは、刑事にきかれてもいわないほうがいいな」

「どうしてです？」

「変に勘ぐられてしまうからだよ。君たちは、丸田幸恵が、自分たちが世話になっている会長の愛人だったということを、しっているから、馴れ馴れしくして、たまたま、彼女から金塊のことを、きいた。それで盗む気になった。警察に、そんな疑いを、持たれるかもしれないからだ」

と、相沢弁護士は、叱《しか》ってから、

「それでは、次の質問だ。君たちは、軽井沢にきて、初めて、丸田幸恵を見たわけだな？　その時の印象は、どうだった？」

「五十歳だという話でしたが、歳《とし》より、かなり、若く見えましたよ。それに、色気もまだ残っていました。だから、若い頃には、かなりの美人で、男好きのする女だっただろうと、思いました。それから、大河内会長の愛人だったに違いないと思いましたよ」

「そのことも、取り調べの時に、口にしちゃ駄目だ。警察に、よけいな先入観を与えることになる恐れがあるから」

「わかりました」

「三人とも、丸田幸恵の寝室は、見ていたんだな？」

「そうです。彼女は、寝室が自慢らしくて、みんなに見せているんです。だから、俺たちだけじゃありません。屋敷にきた人は、みんな寝室に、案内されてるんです」

「丸田幸恵は、君たちを、寝室に案内した。その時、寝室のなかで、どんな話をしたんだ？」

「話らしい話は、何もしませんでしたね。ほとんどが、彼女の、一方的な自慢話でしたよ。寝室には、ブランド物のハンドバッグなんかがいっぱい、置いてありましたね。それをいちいち、いつ、ヨーロッパに旅行した時に、どこで買ったとか、そういう自慢話を、散々きかされました」

と、グラサンの岡本がいい、ノッポの酒井が、

「たぶん、そのなかの何回かは、大河内会長と一緒に、いったんじゃないんですかね」

「それも、取り調べの時には、いわないほうがいい」

相沢弁護士が、釘《くぎ》を刺した。

「最後にきくが、犯人は、君たちじゃない。それは、間違いないね？」

「当たり前ですよ」

「そうすると、真犯人は、金塊を奪おうとして、丸田幸恵を殺した。その後、寝室の金庫から二十本の金塊を、持ち出した。そこまでは、よくわかる。しかし、どうして犯人は、君たちの車のトランクに、金塊を隠したんだ？　その点、君たちが、どう考

えているのかききたい」

　と、相沢弁護士が、いった。

　今度ばかりは、すぐに三人は、しゃべり出そうとはせず、少し、考えてから、まずグラサンの岡本が、

「何しろ、二十本の、金塊ですからね。かなりの重さになりますよ。だから、抱《かか》えたり、背負って、逃げるわけにはいきませんから、車で持ち出そうとしたんじゃないですかね？　三台の車のなかで、いちばん運びやすく見えたのは、俺たちが乗ってきたベンツだったんじゃないか。何しろ、トランクは広いし、あのくらいの金塊なら、ちょうど、入る大きさですから」

「しかし、君たちが、トランクに、金塊が入っていることに気づかずに、そのまま、運転して東京に戻ってしまったら、犯人は、鳶《とんび》に油揚《あぶら》げをさらわれることになるぞ。それなのに、どうして、君たちの車に隠したのかね？　ほかにも車は、あったわけだろう？」

「ドラマを収録するために、スタッフが、乗ってきた車がありましたよ。もし、犯人が連中だったら、あのワゴン車に詰めこんだはずです。ただ、内輪もめする心配はありますよ。それがいやだから、俺たちの車に、隠したんじゃないかと、俺は、思っ

ているんですがね」

と、ノッポの酒井が、いった。

「もう一台、丸田幸恵の、車があったんじゃないのか？」

「ええ、もう一台、ありましたよ。外車です。ただ、あの丸田幸恵の車には、運転手がいますからね。あの車に積みこむと、運転手に見つかってしまいます。だから、いちばん見つかりにくい、俺たちのベンツのトランクに、隠したんですよ」

「ほかにも、君たちの車に隠した理由があるんじゃないのか？」

「ほかの理由なんか、ないと思いますがね」

と、帽子の中島が、いった。

「今回の事件の犯人だが、長野県警は、二十本の金塊を盗み出そうとして、丸田幸恵を、殺したと見ている。しかし、私は、何かほかの理由があるんじゃないかと、思っているんだよ」

「ほかの理由って、何ですか？」

「金塊は、犯人の目的じゃないんだ。犯人の目的は、最初から丸田幸恵を殺すことだった。しかし、ただ殺したのでは、自分が疑われる。そこで、寝室から金塊を運び出して、君たちのベンツのトランクに、ほうりこんだ。そうしておけば、君たちが、丸田幸恵殺しの容疑者になるからだ」

「ちょっと、待ってくださいよ」

と、ノッポの酒井が、口を挟んだ。

「たしかに、丸田幸恵は、五十歳にしては若々しいし、色気もあります。しかし、どうして、彼女を殺すんですか？　殺したって、あの屋敷は、犯人のものにはならないと思うから、何の得にもなりませんよ」

「たしかに、動機はわからない。ただ、弁護士としての、長年の経験からいうと、金塊を盗むために、女を殺すなんてことは、私には、考えられないんだよ。金塊を奪うだけなら、何も、殺さなくたって、殴《なぐ》って、気絶させておいて、金塊を盗み出せばいいんだからね。だから、犯人の目的は、逆なんだよ。金塊を奪うために、丸田幸恵を殺したんじゃない。女を殺すために金塊を奪ったんだ」

「しかし誰が、何のために丸田幸恵を殺したんですか？　それがわからないんですよ」

帽子の中島が、いい、グラサンの岡本が、

「そうだ。丸田幸恵は、大河内会長の愛人なんだ。その彼女から、会長は大金を要求されたのかもしれないな。そんな彼女のことがうるさくなって、会長が、殺した。夜中に、屋敷に忍びこんできたんだ」

「いや、それはないよ」

と、相沢弁護士が、いった。

「こちらにくる前に、大河内会長のアリバイを調べてみたんだよ。すると、問題の時間には、大河内会長は、九州でおこなわれた経済界の会議に、出席しているんだ。そして、その日には、間違いなく、九州のホテルに泊まっているんだよ」

「それじゃあ、俺たち三人は、なかなか釈放されないじゃないですか？　何とかしてくださいよ」

グラサンの岡本が、大声を出した。

「宮本社長にも、いっておいてくれませんか？」

ノッポの酒井が、追いかける感じでいった。

「こんな時には、社長が先頭に立って、一刻も早く、俺たちタレントを釈放に持っていかなきゃ駄目じゃないですか。そのうちに、本当に、ＨＳプロをやめて、三人で独立して、東京に出ていくぞと脅かしてください」

5

翌日から、近藤警部は、三人に対する、尋問《じんもん》を開始した。三人一緒ではなく、ひとりずつ話をきくことにしたのは、三人の答えが、違っていたら、そこを突破口にして、三人を、追いつめようと、思ったからだった。

最初の尋問は、グラサンの岡本だった。三人のなかで、口がいちばん、軽いように見えたからである。

二人だけになると、近藤警部は、まず、コーヒーを勧《すす》めた。

「われわれは、あなたがたを、犯人だと断定しているわけでは、ありませんよ。あくまでも、皆さんは容疑者だから、正直に、何もかもしゃべってほしい。こちらが納得すれば、すぐに釈放しますから」

と、まず、相手を安心させてから、

「こちらで調べたら、皆さんは、広島を本拠地にしている、タレントさんだそうですね。広島にある、ＨＳプロという事務所に所属していて、広島ではなかなか人気のある、タレントさんだとききましたよ」

「そうです。広島の人間ですからね。あの屋敷の持ち主の、丸田幸恵という女性のことも、まったくしらなかったし、第一、あの屋敷にだって、初めていったんですよ」

グラサンの岡本がいう。

「しかし、皆さんは、やはり、東京に出てきて、東京のテレビで、活躍したいと思っているんじゃありませんか？」

「それは、当たり前ですよ。誰だって、地方のタレントで、甘んじたくはありませんからね。東京にいって、テレビに出て、全国的な人気を持った、タレントになりたい。絶対に、みんなそう思っていますよ」

「それで、皆さんは、そのチャンスを摑んだ。週に一回だが、中央テレビの、ドラマに出演することになった。そうですね？」

「ええ、そうです。だから今、必死に、頑張っているんです」

「しかし、そうなると、どうしても、東京と広島の、二重の生活になるから、その分、お金がかかるんじゃありませんか？」

「まあ、たしかに、それはそうですが」

グラサンの岡本は、急に用心深くなった。

どうやら、目の前の近藤警部が、今回の事件の動機を、一生懸命に、捜しているように見えたからである。

「東京に出てきたい。今、あなたは、そうした野望は、どんなタレントだって持っている。そう、いいましたね？　だから、あなた方三人も、そうした野心を、持っていると」

「野心を持っていたって、別に構わないでしょう？」

「もちろん、構いませんよ。しかし、それには金がかかる。ところが、東京では、失礼ながら無名に近い。そんな時に、あなた方三人は、あの屋敷で、丸田幸恵という女性から、金塊の話をきいたんじゃありませんか？　一本が一千万円相当の金塊を二十本も持っている。全部で二億円相当の金塊ですよ。もし、それが手に入ったら、全国的なタレントになることが、可能になってくる。三人で、そう、考えたんじゃありませんか？」

近藤警部が、グラサンの岡本を見つめた。

「ちょっと待ってくださいよ。何回でもいいますが、金塊のことなんか、まったくしらなかったんですよ」

「われわれが見たところ、あなた方は三人とも、頭の回転が速そうだ。だから、どうにかして、金塊を手に入れたくなった。そこで、丸田幸恵を殺し、二十本の金塊を車に隠し、持ち去ろうと計画したんじゃないですか？　違いますか？」

「弱ったな。俺たちがやったという証拠もないのに、どうして、すぐに、そう断定するんですか？」

「しかしね、今回の事件について、いくら調べても、あなたたち以外に、容疑者はいないんですよ」

「それじゃあ、もっとよく、調べてくださいよ。もし、俺たちを、犯人だと決めつけたりしたら、それこそ、長野県警の、大恥になると思いますよ」

今度は、グラサンの岡本が、相手にせまった。

6

二番目は、帽子の中島、そして、最後は、ノッポの酒井の尋問になった。ノッポの酒井の尋問をいちばん最後にしたのは、三人のなかでいちばん、頭の回転が速そうで、もし、三人が犯人なら、その指揮を執《と》ったのは、ノッポの酒井ではないかと、そう思ったからである。

「今までに、岡本さん、中島さんのお二人から、話をききました。二人とも、広島にいるよりも、東京に出てきたい。そのためには、金が要《い》る。そういっていましたが、あなたも同じですか？」

と、近藤が、きく。

「たしかに、東京で活動するためには、それなりの金は必要ですが、だからといって、丸田幸恵さんを殺したり、金塊を盗んだりはしませんよ。そんなことをしなくたって、地道に、努力をすれば、三人とも、東京でやっていける自信は、ありますから」

と、ノッポの酒井は、いった。

「あなた方三人が、所属している広島の、ＨＳプロの宮本社長とさっき電話で話をしました」

と、近藤が、いった。

「あの社長、気が小さいから、俺たちが、逮捕されたと、きいただけで、震えあがっているんじゃありませんか？」

「いや、落ち着いていらっしゃいましたよ。ただ、あなた方三人が、最近、やたらに東京に出たがるので、困っていると、いっていましたがね」

「だからいったでしょう、宮本社長は、気が小さいんですよ」

「社長さんのいうところでは、ほとんどのタレントが、いつか東京に出たいといっている。しかし、たいていは、失敗してしまう。なぜ、失敗するのか？　それは、充分な資金を持たずに、出ていくからだそうですね。そして、生活に困って、逃げ帰ってくる。社長は、そう、いっていましたね。三人は、気が強いのだが、上手《うま》くいかないと、何をするかわからない。そういって、心配していましたよ。どう思います？　社長の心配は？」

「俺たちには、関係ありません。勝手に心配していれば、いいんですよ。俺たちは、自分たちの力で、東京に出ていくだけですから。それに、今だって、中央テレビの、毎週一回のドラマをやっていますが、広島のテレビにだって、ちゃんと、出ているんですから」

「だから、なおさら、お金に、困っているんじゃありませんか？」

近藤は、何としてでも、そちらのほうに話を持っていこうとする。

「お金ならありますよ」

と、ノッポの酒井が、いった。

近藤が、微笑した。

「一応、皆さんの、懐《ふところ》具合も、調べさせてもらいました。皆さんは、東京でも、銀行の口座を持っていますよね？　最近、なぜだかはわかりませんが、一千万円ずつ、三人の口座に、振り込まれています。何か特別なテレビに、出演したという証拠はない。とすると、この一千万円は、誰からもらったんですか？」

「そんなことまで、いちいち、答えるんですか？　その件でしたら、弁護士と、相談してからお答えします」

ノッポの酒井が、いった。

大河内会長に頼んで、一千万円ずつ、振り込んでもらったといえば、この警部は、大河内会長を、脅かして金を強請《ゆす》りとったと、受け取るのではないか。

7

十津川警部に、長野県警捜査一課の近藤警部から、電話がかかった。

「長野県警ですが、こちらで、事件がありまして、広島のタレント三人組を、金塊を盗んだ容疑で、逮捕しています。グラサンの岡本、ノッポの酒井、そして、帽子の中島という三人組です」

と、近藤警部が、いう。

「その件でしたら、しっています」

「実は、この三人組について、そちらで、ご存じのことがあれば、教えて、いただきたいのです」

「三人の容疑は、まだ固まっていないんですか？」

と、十津川が、きいた。

「今のところ、この三人以外に、二十本の金塊を、盗んだ者はいないと見ていますが、実は、金塊の所有者の丸田幸恵殺しについても、この三人が、関係しているのではないかと、われわれは、考えています。それで、そちらで、この三人について、何かご存じのことがあれば、ぜひ教えていただけないかと、思っているのです」

「わかりました。もし、何か、気がついたことがあったら、すぐ書面にして、そちらにお送りします」

と、十津川は、約束した。

十津川と亀井は、FJジャパンの大河内会長に、会いにいくことにした。

しかし、本社に、いってみると、大河内会長は、会合があって九州にいっており、すぐには、帰れないという。

そこで、顧問弁護士の河上《かわかみ》に会うことにした。五十歳の働き盛りの、弁護士である。

河上は、大河内会長の、個人弁護士というだけではなくて、ＦＪジャパンという会社の、顧問弁護士もやっていた。

十津川が、

「広島から、毎週ドラマの撮影にやってきている三人組について、教えていただきたいのですが、河上さんは、どう、思っていらっしゃいますか？」

「正直なところ、困ったことになったと、思っていますよ」

と、河上が、いう。

「しかし、あの三人組は、大河内会長の姪御《めいご》さんの、大河内由美さん、たしか、ＦＪジャパンの、営業部長をなさっていると思うのですが、彼女の命の恩人と、きいていますが」

「そうです。ですから、なおさら、困っているんです」

「どんなふうに、困っているのか、教えていただけませんか？」

「最初のうちは大河内会長も、姪御さんの命の恩人だというので、中央テレビのドラマに出演させたりしていたんですが、だんだん三人が図に乗ってきましてね。出演料をあげてくれと要求したり、東京と広島の二所帯の、生活なんだから、それ相応の生活費がかかるので、その面倒を見てくれといい出し始めたんですよ。大河内会長は、人がいいから、彼らの要求を、何もいわずに、すべて実行されていましたけどね。このままでいくと、そのうちに、どんな無理難題を、要求してくるようになるかわかりません。それに、私には、顧問弁護士として、心配なことが、ひとつあるのです」

と、河上が、いった。

「それは、どんなことですか？」

「実は、大河内会長は、彼ら三人のために、小さなビルをひとつ、与えているんです。そのビルのなかには、彼らの、要求どおりに、いろいろな施設が、作られています。週一回の番組では、ズッコケ探偵の三人が、経営している探偵事務所という設定でやっているので、それに必要なものを、自分たちで作りたい。そんなことを、いい出しましてね。いろいろな工作機械まで買いこんでいるんですよ。ひょっとすると、何か、問題になるようなものを、作っているのではないか？　私には、それが心配なんですが、大河内会長は、命の恩人なのだから、何でも、要求どおりに整えてやってくれと、いっているのです」

「そのビルは、東京に、あるんですか？」

「そうです。東京にあります」

「そのビルを見せてくれませんか？」

十津川が、いった。

十津川は、パトカーに河上弁護士を乗せて、問題のビルに、向かった。

日暮里駅近くの、五階建てのビルである。

河上弁護士は、預かっている鍵を使って、ビルの入り口を開け、エレベーターを動かして、まず、五階にあがっていった。

五階の部屋に入ると、さまざまな、工作機械が並んでいた。

「これが、私の、頭痛の種なんですよ」

と、河上弁護士が、いう。

十津川と亀井は、工作機械を見て回った。

機械だけを、見ていたのでは、ここで三人が、何を、作っているのかはわからない。

しかし、部屋の隅にある、扉つきのボックスを開けてみると、そこにあったのは、数丁の拳銃だった。もちろん、本物ではない。

しかし、手に取ったとたん、十津川の顔が強張《こわば》った。

間違いなく改造拳銃なのだ。このままでも、数発は撃つことが、可能である。その改造拳銃が、全部で五丁、それに、ライフルもあった。こちらも、改造ライフルである。銃身を鋼鉄製に、取り換《か》え、そこには、内側に、線条痕《せんじょうこん》が刻んであった。

ライフルと拳銃の銃弾も、箱に入って見つかった。

「このライフルか、改造拳銃を使って、羽田自動車工業の社長、羽田五郎さんを、射殺したんじゃありませんか？」

亀井刑事の声が自然に甲高《かんだか》くなった。

第六章　小悪党と大悪党

1

十津川は、わざと丸一日おいて、亀井刑事と軽井沢警察署に向かった。

十津川たちを迎えた近藤警部に、十津川はまず、

「例の三人組ですが、何かしゃべりましたか？」

「いや、それがむちゃくちゃで、困っています」

近藤が、いう。

そのいい方がおかしくて、十津川は、思わず笑ってしまった。

「むちゃくちゃというのは、どういうことですか？」

「最初は三人とも、笑いながら、否定していたんですが、尋問を続けていくと、その

うちに、思い思いにしゃべり出しましてね。どうしたんだとか、何があったんだとか、そんなことは出鱈目《でたらめ》だと、それぞれ勝手なことをいい出しましてね。筋の通った自供が取れないんですよ」

「何となく、わかります」

「ところで、あの三人は、東京で、何かやらかしていますか？」

今度は逆に、近藤が、きいてくる。

「三人は、東京に、探偵事務所のビルを持っているのですが、そのビルのなかで、工作機械を使って、どうやら、改造拳銃を作っていたと思われるのです」

「その改造拳銃が、何かの事件に、使われたわけですか？」

「ある殺人事件に使われたと思われるのですが、まだ確証がありません」

このあと、十津川は亀井と、三人を尋問することになった。今回は、わざと、三人一緒である。

三人とも、疲れ切った顔をしている。

県警の近藤警部は、三人が勝手にしゃべるので、尋問《じんもん》に疲れたといっていたが、三人のほうも尋問に疲れたらしい。

「昨日、丸一日を使って、君たち三人が出ている中央テレビのドラマや、広島での番組に、目を通してきたよ」

　十津川が、三人に、いった。

　その言葉で、少しだけ、三人の表情が和《やわ》らいだような気がした。

「十津川さんは、僕たちの、ファンなんですか？」

　ノッポの酒井がきく。

「いや、別に、ファンというわけじゃないが、君たち三人が、逮捕されたというので、一応、君たちの性格や考え方を、しっておきたいと思ってね。一日かけて、君たちの出たテレビ番組などを、全部チェックしてきたというわけだ」

「それで、俺たちのことが、何かわかりましたか？」

「見終わっての結論は、君たちが小悪党だということだ。いろいろと、悪ぶったことをいっているが、どうやっても、大悪党にはなれそうもない」

「そのとおりですよ。それなら、十津川さんもわかったでしょう。俺たちは、人殺しもしないし、人のものを、盗んだりもしないんですよ。それなのに、いくら俺たちが、何もやっていないといっても、ここの刑事さんは、ぜんぜんわかってくれないんです。十津川さんからも、いってくださいよ」

　グラサンの岡本が、口を尖らせた。

「今、私の感想をいっただろう。君たちは小悪党で、大悪党の柄じゃない。だから、人殺しはできないが、人殺しを手伝うことはできる。十億円は盗めないが、金塊ぐらいは盗むだろう」

「待ってくださいよ。俺たちに、人殺しなんかできませんよ。殺されるほうですよ」

と、三人のなかで、いちばん長身のノッポの酒井が、いった。

「今もいったように、君たちの番組を見て、殺人みたいな、大それたことはできないだろうと思っていたんだが、少しばかり違ってきた」

十津川が、いうと、帽子の中島が、不満げな顔で、

「違うって、いったい、どういうことですか？ 俺たちが、いったい、誰を殺したっていうんですか？」

「羽田自動車工業という会社がある。そこの社長、羽田五郎を、君たちが改造拳銃を使って殺したんじゃないか？ そういうことを、いう人がいるんだよ。君たちも、羽田自動車工業という会社のことを、きいたことがあるだろう？」

「とんでもない。俺たちは、羽田自動車工業という会社はしってるけど、社長の羽田さんには、会ったこともないんですよ」

「人を殺すには、それなりの動機が必要でしょう？ 俺たちに羽田社長さんを殺す、

殺人の動機も理由もありませんよ」

「誰が、そんな出鱈目を、いっているのですか？　そいつを、ここに引っ張ってきて下さいよ」

三人が口々に、思い思いのことをいい出した。

十津川は、そんな三人に向かって、

「君たちのことを、よくしっている人に、話をきいたんだよ。その人は、こういっていたよ。君たちを、羽田自動車のコマーシャルに使おうと思って、羽田さんのところに、会いにいったんだそうだ。君たちのことを、とにかく、面白い三人組だ。だから、小型自動車のコマーシャルには、ぴったりだと思うのだが、どうだろうかとすすめたところ、羽田さんがいうには、俺は、あの三人は気に食わない。うちで作っている小型車のスマートさが、あの三人に表現できるとは、とても思えない。ひとりひとりも、どうしても好きになれないんだ。だから、うちの会社のコマーシャルには、あの三人は、絶対に使わないと、いったそうだ。その羽田さんの言葉を、君たちがきいて、羽田さんのことを、恨《うら》んで殺したんじゃないのか？　その人は、そう証言しているんだ」

「いったい誰が、そんなことを、いっているんですか？」

「そんなの、出鱈目だ」

「そいつを、ここに連れてきてくださいよ。三人で、ぼこぼこにしてやるから」

また三人で、口々に大声で、わめき立てた。

十津川は、苦笑しながら、

「もうひとり、この殺人事件について、別の証言をしてくれる人がいるんだよ。君たち三人組は、ただ単に、自分たちのことを嫌う、羽田さんを殺しただけじゃなくて、この殺人を、金儲けに使っているとね」

と、いったあと話題を変えて、

「ところで、君たちは、出演している中央テレビのドラマのなかで、こんな、発言をしているね。『俺たちは、いくら憎いからといって、そんな馬鹿な理由で、人殺しなんかはしない。俺たちは、人殺しだって、金儲けのためにやるんだ』そんなことをいっていたのは、たしか、岡本さんじゃなかったかな？」

「あれは、あくまでも、芝居ですよ、芝居。本音じゃありません」

「ちょっと待てよ。そんな台詞《せりふ》あったか？」

「あったから、俺はしゃべったんだ。なければしゃべるか」

「あとで、脚本を調べて下さい」

「なんかおかしいな」

「確かになにかおかしいぞ」

「しかし、その人は、こうもいってるんだよ。羽田自動車工業には、ライバル会社があった。新生《しんせい》自動車という会社だ。羽田自動車工業と同じように、小さくて、よく走る百万円カーを、製造していた。ところが、ライバル会社の、羽田自動車工業に完全に負けてしまって、会社が倒産しかかっている。そこで、君たち三人組は、羽田自動車の羽田さんを、消してやるからといって、新生自動車の社長に、三千万円という大金を出させている。君たち三人は、羽田自動車の羽田さんを殺すことで、三千万円の、大金を手に入れたらしいというのだ」

「ちょっと待ってください。話が、どんどん変な方向にいっちゃってるけど、俺たちは、金をもらって人を殺したりなんかしていませんよ」

と、グラサンの岡本がいい、帽子の中島も、

「そんな出鱈目をいっているのは、どこの誰なんですか？」

と、きく。が、十津川は、その質問には答えず、

「そこで、君たちが東京で口座を作り、預金をしているK銀行の日暮里支店にいって、調べてみた。そうしたら、君たち三人の口座には、ある時、ひとり、一千万円ず

つという大金が、振り込まれているね。どう考えても、出演料だとは思えない。出演料は、別に払われているからだ。そうすると、あの一千万円という大金は、誰がどうして、君たちの口座に、振り込んだのかね？」

「決まっているじゃありませんか。東京での、スポンサーになってくれているＦＪジャパンですよ。もっといえば、ＦＪジャパンの、大河内会長さんですよ」

「しかし、君たちは、スポンサーのＦＪジャパンのお陰で、テレビドラマに出られているじゃないか？　出演料だってもらっている。それなのに、大河内会長から、さらに特別手当、ひとり一千万円ずつの振り込みがあったというのは、どう考えてもおかしいじゃないか？　何のために、誰が振り込んだのかね？」

「決まっているでしょう。俺たちのやっている、中央テレビのドラマの視聴率が、あがったというんで、スポンサーのＦＪジャパンが、特別手当を振り込んでくれたんですよ」

「最初、私も、そう思ったよ。そこで、ＦＪジャパンにいってきいたところ、まだドラマが始まって、やっと、一カ月しか経《た》っていないというのに、新人同様の芸人に、ひとり一千万円もの大金を、払うはずはない。その三千万円は、ＦＪジャパンとは、関係がない金だと、いうんだ。つまり、その三千万円は、君たちが、東京でのスポンサーとしてつき合っているＦＪジャパンとは、何の関係もないお金なんだ」

「それはおかしいな。何かの間違いじゃないですか？」

「何か理由があって、ＦＪジャパンは、十津川さんに向かって、嘘《うそ》をいったんだと思いますよ。俺たちは少しばかり、人助けのようなことをした。それに、一カ月の放送が、終わったので、そろそろ、出演料をあげてもらおうかと思って、大河内会長にお願いしてみたんですよ。それは本当ですよ。まさか、一千万円もの大金が振り込まれるとは、俺たちも、まったく思ってはいなかったんです。せいぜい百万円か、よくても、二百万円くらいだろうと思っていたんですよ。そうしたら、振り込まれたのが一千万円だったので、俺たちのほうが、びっくりしてしまったんです」

と、ノッポの酒井が、いった。

「たしかに、大河内会長のお陰で、東京のテレビのドラマにださせてもらえるようになったのは嬉《うれ》しい。でも、俺たちにしてみれば、東京と広島の両方に、それぞれ生活があるんですよ。両方に、家族がいるようなものですからね。どうしても、それだけ、お金がかかるんです。だから、少しばかり、出演料をあげてもらえないかとお願いしたんです。今もいったように、せいぜい百万円か、二百万円くらいかなと思っていたら、特別手当が一千万円も振り込まれたので、俺たち自身、びっくりしているんです」

「それはおかしいね。大河内会長にも会ったし、君たちの窓口になっている課長さんにも会って、きいたんだが、ひとり当たり一千万円もの大金を振り込んだことはないと、否定しているんだ」

「だから、向こうは何か、勘違《かん》いしているんですよ。俺たちを、大河内会長に会わせてもらえば、ちゃんとわかりますよ。大河内会長に、今すぐ会わせてくださいよ。お願いしますよ」

と、グラサンの岡本が、いった。

また三人が、騒ぎ立てたので、落ち着いた尋問ができなくなってしまった。

十津川は、ひと休みすることにして、五人分のコーヒーとケーキを、取調室に運んでもらった。

「とにかく、コーヒーを飲んでひと休みしよう」

十津川自身も、コーヒーを飲み、ケーキを口に運んだ。

2

「ところで、君たちは、高知にいく特急列車の衝突脱線転覆事故の時に、大河内会長の姪の、大河内由美という、今、ＦＪジャパンの営業部長をやっている女性を、助けたんだったな？　大河内会長が、そのことを大変喜んで、君たち三人を広島から呼び、東京のテレビに、出演させることにした。そう、きいたんだが、これは本当の話だったね？」

「もちろん、本当ですよ。本当の本当。あの時は俺たち、彼女を助けるのに、必死だったんですよ」

ノッポの酒井が、いった。

「だから、大河内会長が、君たちに恩義を感じて、広島から君たちを呼びよせて、中央テレビのドラマに出演させたと、いっているよ」

「ええ、そうなんです。本当に、ありがたいことだと、感謝しているんです」

「俺たち、何とかして、東京のテレビに出たいと、思っていましたからね。あの時は、思わず万歳《ばんざい》しましたよ」

「俺たちの出たドラマだけど、かなり視聴率がいいんですよ」

「だから、FJジャパンに、俺たちは、損はさせていないと思いますよ」

また、三人が口々に、大声でしゃべり始めた。

「それで、ここにくる前に、私は、大河内会長の、FJジャパン本社にいって、君たちのことをきいてみた」

「何て、いっていました？」

「俺たちの評判、よかったですか？」

「でも、ちょっとばかり、わがままを、いいすぎたからな」

「プラスマイナスゼロかな」

また、三人が、それぞれ勝手にしゃべり出す。やたらに、やかましい。

今度は、十津川のほうが、大声を出した。

「それで、今もいったように、FJジャパンにいって、君たちの評判をきいてみたよ。正直なところ、あまりよくないね。大河内会長も、こんなことを、いっていた。姪の由美が、命を助けてもらったことは、感謝している。だから、あの三人には、できるかぎり便宜《べんぎ》を図っているのだが、ここにきて、少しばかり、彼らのわがままがすぎるようになってきた。姪を助けてもらったので、どんなことでもしてやりたいという気持ちはあるんだが、あまりにも三人の要求が大きいので、ここにきて困っている。会長さんは、そんなふうに、いっていたがどうなんだ。自分たちでも少しばかり、要求がすぎたと、思っているんじゃないのか？」

「たしかに、そうかもしれないけど、まあ、人間、一回しか生きられませんからね」

と、帽子の中島が、いった。

「それは、どういう意味なの？」

亀井が、きくと、帽子の中島に代わって、ノッポの酒井が、

「十津川警部さん、俺たちのことを、小悪党だっていったじゃないですか？　俺たちが、ＦＪジャパンの大河内会長に、いろいろお願いをするんで、十津川さんは、俺たちのことを小悪党だといったんでしょう？　たしかに、あまり甘えちゃいけないと思ってますが、中島がいったように、人生は、一回限りですからね。それに俺たち、自分でも小悪党だと思ってる。少しばかり欲張りな要求も、大河内会長に対してしましたよ。でも、殺しなんかは、絶対にしていません。本当です」

「日暮里駅の近くの、小さいけど、五階建てのビルだって、君たちの事務所になっている。あのビルも、君たちが、大河内会長に買わせたんじゃないのか？」

亀井がきく。

「あのビルは、ドラマのなかで、俺たちがやっているのがズッコケ探偵社という設定なんで、実際にも、探偵事務所を作る必要があるということで、あのビルが用意されたんですよ。別に俺たちが、東京に、ビルを買ってくれと要求したわけじゃありませんよ」

と、ノッポの酒井が、いう。

「しかし、よく調べてみると、あの小さなビルの所有者は、君たち三人になっているんだ。だから、番組用に作った、探偵事務所ビルというわけではないだろう。だから、君たちは自由に、あのビルを、使うことができた。それで、ビルにいったら、工作機械がたくさん置かれていて、君たちは、あそこで改造拳銃を作っていた。どうだね、認めるかね？」

「ドラマに出てくるのが、ズッコケ探偵社なんですよ。だから、ちょっとばかり悪いこともやる。そのひとつが、改造拳銃の製作でしてね」

グラサンの岡本が、いった。

十津川は、ハンカチで、包んできた問題の改造拳銃を、三人の前に、置いた。

「この改造拳銃は、君たちが、あのビルで、作ったものじゃないのかね？　棚のなかに、これと同じものが、五丁も入っていたがね」

「今もいったように、ズッコケ探偵社ですからね。ちょっと危険なこともやるんで、小型の工作機械を用意してもらって、改造拳銃を作る場面を、撮影しましたけどね。俺たち本気で、改造拳銃を作ったわけじゃ、ありませんよ」

「しかし、あの五階の工作室の棚には、今もいったように、これと同じ改造拳銃が五丁も置いてあったんだ」

「じゃあそれは、俺たちが、作ったものじゃありませんよ」

グラサンの岡本は、改造拳銃を手に取ってから、

「やっぱり違うな。俺たちが作ったものじゃない」

「どこが違うんだ？」

「この銃身ですよ。俺たちの作った改造拳銃では、この部分も、プラスチックだから、実際には、弾丸を撃てないんですよ。肝心《かんじん》の銃身がプラスチックで、弱いですから」

「しかし、その改造拳銃は、銃身が鋼鉄製になっているよ」

「だから、俺たちが、作ったものじゃない。違うといっているんです。あのビルの、五階の工作室で、改造拳銃を作る真似事《まねごと》のようなことはしたけど、実際に撃てる銃を作ったことは、一度もないんですよ。これは、銃身が違って鋼鉄製だから、撃とうと

思えば、二発か三発は撃てると思いますよ。こんなもの、俺たちが作った覚えはないんですよ」

と、グラサンの岡本が、いった。

「そんな拳銃、俺たちと関係ないよ」

「誰かが、あの部屋に忍びこんで作ったんだ」

「そいつを捕まえれば、犯人がわかりますよ」

「それは、警察の仕事でしょう」

またうるさくなって、十津川は尋問を切りあげた。

そのあと、十津川と亀井は、県警の近藤警部から、昼食に招かれた。

「たしか、こちらでは、連中に、殺人容疑での再逮捕も考えていると、ききましたが？」

十津川が、箸《はし》を止めて、近藤にきいた。

「そのとおりです。殺人についても証拠が揃《そろ》い次第、再逮捕するつもりでいます」

「私も調べてみたんですが、被害者の名前は、丸田幸恵、五十歳ですね。若い時は女優をしていましたが、今はひとりで、悠々自適《ゆうゆうじてき》の生活を送っていたようですね。今回、彼女の屋敷を、舞台にしてドラマが撮影されたということですが、どうして、あの三人組に、丸田幸恵殺しの容疑が、かかっているんですか？」

「撮影が終わったあと、連中は、彼女の屋敷に一泊しているんですが、彼女の寝室の金庫には、二億円相当の、二十本の金塊が入っていましてね。いつも、寝室にあるので、彼女を殺すか、殴《なぐ》って気絶させない限り、金塊は、手に入らないわけです。ところが、翌日の朝、通いのお手伝いがきた時に、丸田幸恵は、寝室で殺されており、金庫のなかにあった、金塊二億円相当は、三人組の乗ってきた車のトランクに、隠されていたのです。一応、金塊の窃盗容疑で、逮捕しましたが、殺人容疑でも再逮捕するつもりでおります」

と、近藤が、いった。

翌日、長野県警は、三人組を、殺人容疑で再逮捕した。丸田幸恵に対する、殺人容疑である。

この日、軽井沢警察署で捜査会議が開かれ、十津川と亀井の二人も、それに参加した。

まず、問題の三人組の東京での生活について、十津川が説明した。

「最初に申しあげておきますが、現在、警視庁でも、広島の三人組を、殺人容疑で、逮捕すべきだという話が進んでいます。こちらの被害者は、羽田自動車工業という、百万円の小型車を製造している会社の社長の羽田五郎で、三人組が、自分たちで作った改造拳銃で、射殺したという殺人容疑です。その広島の三人組について、私たちが調べてわかった点を、これから、ご報告します。三人組は、広島で人気のあるコメディアンで、それぞれ、グラサンの岡本、ノッポの酒井、そして、帽子の中島と、自ら名乗っています。広島では、かなり有名だそうですが、全国的に見れば、ほとんど無名といってもいいのではないかと思います。彼らが、高知のテレビ局からの出演依頼を受けて、岡山発高知行の特急『南風』に乗って、高知に向かっていた時、この列車が、踏切で大型ダンプカーと衝突して脱線、転覆、死者まで出る、大事故になってしまいました。この時、三人組は、たまたま同じ車両に乗っていた女性が、座席に体を挟まれて、苦しがっているところを助けました。この女性が、大河内由美、三十五歳で、日本全国にチェーン店のあるドラッグストア、FJジャパンの営業部長でした。高知に支店を出すための視察にいく途中で、列車事故に遭《あ》ったのです。さらにいえば、大河内由美の伯父に当たる人が、FJジャパンの会長、大河内孝雄、七十五歳でした。このことが、三人組に、大きな幸運をもたらしました。大河内会長が、列車事故で助かった大河内由美を、溺愛《できあい》していたのです。大河内会長は、三人組に対して、何でも、ほしいものがあったらいってくれと、申し出たのですが、それに対して、三人組は、巧妙に立ち回ったのです。まず、お礼なんかは何も要《い》らないと、大河内会長に、いったわけです。この点が、三人組の頭のいいところで、お礼は要らないといわれると、大河内会長としては、かえって何かお礼をしないわけにはいかないという気持ちに、なってくるからです。そんな状況を狙《ねら》って、三人組は、それとなく、自分たちは広島のテレビに出ている芸人だが、全国的に名前を、しられるようになりたい。そのためには、東京のテレビに、出られるようになりたいと、それとなく匂わせたのです。大河内会長としては、お礼は要らないといわれて、困っていたところでしたから、ほっとして、自分の会社がスポンサーになっている、中央テレビの連続ドラマに、三人を主人公役で出演させることにしました。三人組の戦術が、上手《うま》く、成功したわけです。その後も、三人組は、上手く立ち回って、まんまと、その連続ドラマ『ズッコケ探偵三人組』の主役の座を、勝ち取ったのです。何しろ、大河内会長から見れば、溺愛している姪を助けてくれた命の恩人ですから、ほとんどの要求をのんで、三人組を主役にし、それから、東京にいる時に、事務所として使ったり住んだりする、五階建てのビルも買い与え、東京で使う車も購入して、彼らに、与えました」

「十津川さんに、ひとつ、おききしたいことがあるんだが」

県警本部長が口を挟んだ。

「何でしょうか？」

「十津川さんは、あの三人を小悪党と呼んでいるらしいが、それは、なぜですか？　どんな理由が、あるのですか？」

「彼ら自身が、自分たちのことを、俺たちは小悪党だといっています。また、それを示すように、三人組は、たまたま、列車事故で人助けをしたことを利用して、次々に、大河内会長に、自分たちの要求をつきつけていったのです。そのくせ、表面上は、人助けをしたのは、たまたまですという遠慮深い言葉を、使っていますが、今も申しあげたように、連中は、その人助けを、最大限に利用して、自分たちの夢を、叶《かな》えていったのです。小悪党らしいやり方です」

「それだけのことでは、まあ、この三人組が、わがままであるとはわかりますが、悪事を働いているという感じはしませんね」

と、県警本部長が、いう。

「たしかに、そのとおりです。しかし、三人組は、図に乗って、大河内会長が買ってくれた工作機械を使って、改造拳銃を作り始めたのです。それも、ただの、改造拳銃ではありません。実弾を撃つことのできる改造拳銃です」

「実際に使える改造拳銃ですか？」

「そうなんです。自分たちは、実際には、弾丸が発射できるような拳銃を、作っていたわけではない。われわれが発見した五丁の改造拳銃は、銃身がプラスチックではなくて、鋼鉄製になっていて、実際に、弾丸が発射できるように改造されているんです。しかも、その改造拳銃が使われたと思える殺人事件が発生したのです。その改造拳銃を使って、何者かが羽田自動車工業の社長、羽田五郎を、射殺してしまったのです。もちろん、三人組は、否定しています。自分たちが、改造拳銃を作ったことは、認めましたが、銃身がプラスチックになっているもので、人殺しができるような代物《しろもの》じゃない。そういっていますが、今も、申しあげたように、私たちが発見した改造拳銃は、銃身が鋼鉄製で、少なくとも二、三発は、弾丸が撃てるのです。実際に、殺人事件が起きて、三人組が、作った改造拳銃が、その事件に使用されたことは、はっきりしているんです」

「殺されたのは、羽田自動車工業の社長、羽田五郎だと、いわれましたね？」

「そうです。日課にしている朝の散歩の途中で、いきなり、改造拳銃で、撃たれて絶命しました」

「しかし、どうして、広島の三人組が、その羽田五郎という、自動車会社の社長を殺したのですか？　どんな動機が、あったんですか？」

県警本部長が、きいた。

3

十津川が、説明を続ける。

「この羽田自動車工業の羽田五郎は、最初から広島の三人組のことが、気に入らなかったように思えます。羽田五郎は、三人組を、ドラマの主人公として使っている、FJジャパンの大河内会長に会うなり、あんな三人組は、すぐ、広島に帰したほうがいい。あの三人組は、とんでもない奴で、大事にされていることをいいことに、そのうちに、とてつもない金額を、むしり取ろうとするはずだ。だから、今のうちに、関係を断《た》っておいたほうがいい。そんなふうに、羽田五郎は、大河内会長に、三人組の悪口を、いっていたといいます。それをきいた三人組は、かっとして、自分たちが作った改造拳銃で、羽田自動車工業の、羽田五郎を射殺したのです」

「三人組が、犯人だということは、間違いないのですか？」

「われわれは、そう考えていますが、残念ながら、確証はありません。しかし、殺人の凶器として、三人組が作った改造拳銃が、使われたことは、間違いないと思っています。動機も、はっきりしています。そこで、警視庁でも、殺人容疑で三人に対する逮捕状を、取ることにしたのです」

「ほかにも、三人組の、問題点は、ありますか？」

と、県警本部長が、きいた。

「実は、この殺人事件に際して、三人組が、あっと驚く人間から、金をむしり取っていたことがわかったのです」

「あっと驚く人間といいますと？」

「三人組が、自分たちの作った改造拳銃で、羽田自動車工業の、羽田五郎を射殺したことは、まず間違いないと思うのですが、実は、連中は、この殺人で、金儲《もう》けもしているのです。というのは、羽田五郎は、いわばベンチャービジネスの成功者で、ライバルで、同じように、百万円という安価な小型自動車の開発に当たっていた自動車会社の社長が、羽田自動車工業の成功によって、ポシャってしまいました。当然、その会社の社長は、羽田五郎のことを憎んでいました。羽田五郎さえいなければ、自分たちが作った、百万円の小型車が売れていたに違いないのに、羽田五郎のせいで駄目になってしまったと、考えている。そんなライバルが、いたわけです。広島の三人組は、そのライバルに対して、あなたが、憎いと思っている羽田五郎を消してやる代わりに、俺たち三人組に、ひとり当たり、一千万円、全部で三千万円を、俺たちの口座に振り込んでくれれば、憎い羽田五郎を、殺してやると、持ちかけたのです。もちろん、三人組は、否定しています。そんな話なんてなかったし、俺たちは、羽田五郎を殺してもいないといっていますよ。ところが、三人組の銀行口座を、調べてみると、ひとり当たり一千万円が、ある日突然、振り込まれているのです。三人組は『ズッコケ探偵三人組』のドラマのスポンサーになっている、FJジャパンの大河内会長から、最近、視聴率が取れるようになったからと、ご褒美《ほうび》として、ひとり一千万円ずつ振り込んでもらったんだと、説明していますが、大河内会長もFJジャパンも、そんな大金を振り込んだことはないと、否定しているのです」

「それで、警視庁も、殺人容疑で、三人を逮捕するわけですね？」

「そうするつもりです。私が東京に帰り次第、殺人容疑で、三人を逮捕することになっています」

「長野県警でも、丸田幸恵の所有する軽井沢の屋敷で、彼女が殺され、金塊が、強奪されかけるという事件が発生しました。県警としては、まず金塊、二億円相当を強奪したことについて、三人組の容疑が明らかになったので、まず、この件で逮捕しましたが、今回、丸田幸恵殺しでも、再逮捕しています」

と、近藤警部が、いった。

「ここで、十津川さんに、おききしたい」

と、県警本部長が、いった。

「十津川さんは、三人組を、小悪党と、いわれた。しかし、彼らが東京で殺人を犯し、こちらの長野でも、殺人をおこなったとなれば、もう小悪党とは、呼べなくなったんじゃありませんか？　完全な悪党ですよ。十津川さんが、三人組のことをどう見ているのか、もう一度、きかせてもらえませんか？」

「そうですね」

十津川は、考えながら、慎重に、いった。

「たしかに、あの三人組は、普通の人間では、ありませんね。自分たちの野心、全国的に、活躍したいという野心のためには、どんなことでもする連中です。嘘もつくし、相手を脅かす。たまたま、連中は、特急『南風』の車内で、の資産家が、溺愛している姪を助けた。三人は、その人助けを最大限に利用して、東京東京の中央テレビに、自分たちが出演したんです。相手の弱みにつけこんでです」

「たしかに、そう考えると、三人組は、かなりの野心家ですね」

「しかも自分たちの野心を実現するために、三人組は、東京でも、こちら長野でも、殺人事件を起こしているのです。一番問題なのは、彼らが殺人事件を犯しながら、それにもかかわらず、自分たちの野心を、実現させようとしているし、自信満々で、自分たちが殺人容疑で逮捕されても、すぐに釈放される。そんなふうに考えているのではないかと、思わざるを得ないのです」

と、十津川が、いった。

合同の捜査会議が終わって、ひと息ついていた十津川に、東京の、三上《みかみ》本部長から電話がかかった。

三人組に対する殺人容疑の、逮捕状が出たから、すぐ戻ってこいという連絡だった。

その三上本部長の要請に対して、十津川は、

「申しわけありませんが、明日中に、こちらで、調べておきたいことがあるのです。そのあとすぐ、遅くとも、明日の夜には、東京に戻ります」

と、伝えた。

翌日、十津川は亀井と、事件のあった軽井沢の、丸田幸恵の屋敷を見にいった。旧軽井沢の、白樺《しらかば》の林に囲まれた、がっしりとした造りの屋敷だった。

十津川はそこで、五年間、殺された丸田幸恵の車を運転していたという運転手、通《かよ》いのお手伝い二人、そして、この屋敷に、酒やビール、あるいは、食料品を届けてい

た軽井沢駅の近くにある、スーパーの主人にも話をきいた。

きいたのは、もちろん殺された丸田幸恵のことである。

彼女は独身で、家族は、いなかった。若い時には女優をやっていたというだけあって、今も、歳《とし》より若く見えるし、美しかった。

酒やビールなどを、配達すると、愛想がよかったし、いつもきちんと、支払いをしてくれたと、スーパーの主人は、いった。

彼女と関係のあったと思われる、FJジャパンの大河内会長の姿を、何度か見たという証言もあった。その証言は、通いのお手伝い二人から、十津川が、きいたことだった。

「亡くなったママさんは、時々、思い出したように、若い頃の話を、私たちにしてくれたんですよ。あの頃は、自分も、大河内会長に夢中だったたし、大河内会長も、私に夢中だった。あの頃は、楽しかったと、おっしゃっていました」

お手伝いのひとりが、いった。

もうひとりのお手伝いは、

「ママさんのほうは、今後の、生活のこともあるから、これからも、大河内会長と、仲よくしていきたいと、思っているみたいでしたけど、大河内会長のほうは、男ですから、時々、もうママさんには、飽《あ》きたといったような顔をすることがありました。大河内会長の、ああいう顔を見ると、男って、わがままな生き物だと、思ってしまいます」

「盗まれかけた、金塊二十本ですが、丸田幸恵さんが、大河内会長にねだって、買ってもらったものだという噂《うわさ》をきいたんだけど、本当ですか？」

十津川が、きくと、ひとりのお手伝いは、

「ええ、私も、そうきいていますけど」

と、いい、もうひとりのお手伝いは、

「私も、そう、ききました。でも、ママさんのほうは、ああいう高いものを買ってもらうことで、大河内会長との仲が切れないようにしたいみたいだけど、大河内会長のほうは、まったく逆だったみたいです」

「逆って？」

「あの金塊ですが、大河内会長は、手切れ金みたいに、考えていたみたいですよ」

翌日、警視庁は、広島の三人組を、羽田自動車工業の社長、羽田五郎殺しの容疑で、逮捕することにした。そこで、三人組は、長野県警から警視庁に、身柄を移されることになった。

十津川と亀井は、三人組と同じ新幹線で、東京に戻った。

東京に戻った十津川は、亀井と改めて三人組の尋問に、当たることになった。

4

「君たちには、東京でも、殺人容疑で逮捕状が出た。羽田自動車工業の社長、羽田五郎を殺害した容疑だ。君たちは、羽田五郎を、自分たちが作った改造拳銃で射殺した。これは間違いないね？」

十津川がいう。

「これって、いったい、どうなってるんですか？」

グラサンの岡本が顔を赤くして、きいた。

「どうなっているって、君たちには、今もいったように、東京でも、殺人容疑で逮捕状が出たんだ。羽田自動車工業の社長、羽田五郎に対する殺人容疑だよ。羽田社長は、しっているね？」

「ええ、一応、名前ぐらいは、しっていますけど、実際に会ったことはないですよ。それに、俺たちには、羽田社長を、殺さなければならない理由が、ありません」

ノッポの酒井が、いった。

「しかし、間違いなく、君たちが作った改造拳銃で、羽田五郎は、胸を撃《う》たれて死亡しているんだ」

「長野も東京も、警察は、本当にどうかしていますよ」

グラサンの岡本が口を尖《とが》らせている。

「どこが、どうかしているんだ?」

「長野でも、俺たちは、丸田幸恵殺しの容疑で、逮捕されています。でも、俺たちは、あの女性に対して何の敵意も持っていなかったし、そもそも、殺す理由が何もないんです。東京でも、俺たちが、人を殺したことになっている。だから、どうなってるんだと、怒鳴《どな》りたくなってくるんですよ。どっちも、俺たちは、まったく関係がないんだから」

「しかし、羽田自動車工業の社長、羽田五郎の殺しについていえば、今もいったように、事件の凶器は、君たちが作った、改造拳銃に間違いないんだ。このことを、どう説明するんだ?」

「俺たちは、犯人に利用されたんです。俺たちに、殺人の動機は、何も、ありませんよ。羽田自動車工業の羽田社長を殺す理由は、何ひとつないんだ。第一、百万円の小型車を作っている会社と、俺たちとは、何の接点もありません。俺たちが乗ってるのは、ベンツです。百万円の小型車じゃ、ありませんよ」

ノッポの酒井が、いった。

「動機なら、二つある」

「二つも、あるんですか？　出鱈目ですよ、そんなものは。俺たちに、動機なんて、何もないんだから」

ノッポの酒井がいう。

「いや、間違いなく二つある。君たちは、大河内由美という、ＦＪジャパンの大河内会長が溺愛していた姪の命を助け、それで縁のできた大河内会長のお陰で、東京の中央テレビのドラマに、出られるようになった。ところが、羽田社長は、君たちのことを、なぜか嫌っていて、あんな連中を、中央テレビに出す必要はない。早く馘《くび》にして、広島に追い返せと、大河内会長にいつもいっていたという。そのことをしった君たちは、かっとなった。これが第一の動機だ。第二の動機は、君たちが、羽田社長を殺せば、金儲けできると、計算したことだ。羽田社長には、ライバルがいて、そのライバルが、羽田社長のことを憎み、殺したがっていることを君たちはしった。そこで、君たちは、そのライバルに電話をして、ひとり当たり一千万円、全部で、三千万円を払ってくれれば、羽田社長を殺してやるといって、ひとり当たり一千万円の大金を出させた挙句《あげく》に、自分たちの作った改造拳銃を使って、羽田社長を殺したんだ。これが、第二の動機だ。君たちは、さっきから、しきりに、動機がない、殺す理由がないといっているが、君たちの預金口座を調べた結果、ひとり当たり一千万円もの大金が、振り込まれているじゃないか？　君たちが、羽田社長を、殺したことで、羽田社長のライバルから、一千万円ずつせしめていたからだ。つまり、これは殺しの報酬だったわけだ。違うかね？」

「あれは、前にも、いいましたが、俺たちのスポンサーになっている大河内会長が、俺たちのことを気遣って、一千万円もの大金を、ひとりひとりの口座に特別手当として振り込んでくれたものですよ。殺人の動機なんて、冗談じゃない！」

帽子の中島が、十津川を睨んだ。

「いや、大河内会長もＦＪジャパンの担当者も、君たちに、特別手当で、三千万円もの金を、支払った覚えはないといっているんだ」

「それは嘘、大嘘ですよ。間違いなく、あの一千万円は、ＦＪジャパンからか、それとも、大河内会長からかは、わかりませんが、特別手当として、俺たち三人の口座に、振り込んでくれたんですよ」

「一千万円もの大金を、特別手当で君たちひとりひとりに払いこんだというのかね？　君たちには、出演料が、ちゃんと支払われているわけだろう？　それなのに一千万円の特別手当か？　何のために、そんな大金を、君たちに支払ったのかね？」

「何しろ、俺たちは、大河内会長が、目に入れても痛くないほど可愛がっている、姪の大河内由美の命の恩人なんですからね。たしかに、俺たちにも、いい気になりすぎた面もあったかもしれませんが、俺たちが要求すれば、大河内会長は、一千万円でも二千万円でも、いや、ひょっとしたら一億円でも、払ってくれたと、思っているんですよ。でも、そんなに要求しては、申しわけないと思っていたら、一千万円ずつ振り込まれていたのです。それなのに、殺人の報酬みたいにいわれるのは、こちらとしては心外ですよ」

「そうか。命の恩人だから、いくら礼金を要求しても構わない。そう思っていたのか」

「そうですよ」

「だから、君たちは、小悪党だといわれるんだ。本心は、一億円要求したかったが、遠慮してひとり一千万円にしたとしたら、それこそ、小悪党の証拠だ」

「大河内会長か、ＦＪジャパンのどちらも、俺たちに、一千万円ずつの特別手当を振り込んでいないと、いっているんですか？」

今度は、ノッポの酒井がいった。

「そうだよ。大河内会長も、ＦＪジャパンのほうも、どちらも、私たちが確認すると、三千万円もの大金を、広島の三人組に振り込んだ事実はないと、いっていた。もちろん、今きいたって、同じことを証言するはずだ」

「やっぱりおかしいぞ」

と、ノッポの酒井が、ほかの二人に向かって、いう。

「俺たちは、悪いなあと思いながら、ひとり当たり一千万円ずつを、大河内会長にというか、ＦＪジャパンの会社からというか、振り込まれました。要求しなかった俺たちも、かなりの、悪党だなと自分でも思っていたんですよ。ところが、あっさり払ってくれた。感謝感激でしたよ」

「まだ、本当のことを、しゃべる気はないのかね？　嘘をつくのかね？」

「今、しゃべっていることが、本当のことなんですよ」

「これで決まった」

十津川が、断定した。

「何が決まったんですか？」

　と、帽子の中島が、きく。

「可愛いところのある小悪党だと思っていたが、金がからむと、うす汚い悪党になることがわかったといってるんだ」

「困ったな」

「冷静に、俺たちの話をきいて下さいよ」

「ああ、きいてるよ」

「俺たちは、大河内会長やＦＪジャパンの会社に対して、いろんな要求をしました。出演料をあげてくれとか、もっとテレビに出せとか『ズッコケ探偵三人組』に使うために、日暮里駅の近くに、五階建てのビルを用意してくれたとか、俺たちは、いい気になって、要求を続けましたよ。俺たち自身、自分たちのことを、悪党だと思っていました。何しろ、たまたま、人助けをしたことを利用して、ドラマ出演を要求したり、ビルを提供してもらったりしているんですから。大金を要求する悪党だと、自分たちでも、思っていたんですよ。しかし、どうやら、違っていたみたいですね」

　帽子の中島が、いった。

「違っていたみたいというのは、どういうことなんだ？」

「今いったように、俺たちは、自分たちのことを相当な悪党だと思っていました。だって、そうでしょう？　たまたま、人助けをしたことを利用して、出演料の値上げを要求したり、もっと、テレビに出せといったりしたんですからね。しかし、相手は、日本一の、ドラッグストアチェーン店の会長ですからね。俺たちの要求なんか、簡単に、何でもきいてくれたんですよ。それで、俺たちは、有頂天《うちょうてん》になってしまって、反省するどころか一億円要求すればよかったとか、最後には目のくらむような大金を要求して、もし警察に捕まりそうになったら、広島に、逃げようじゃないかと、三人で考えていたんですよ。大河内由美を、えさにすれば、いくらでも金をむしり取れると、そんなことばかり、話していたんですよ。大河内由美の怪我が、完治してしまったら、これ以上、要求できなくなる。だから、俺たちが、彼女を助けたことを、当人にも周《まわ》りの人間にも、忘れないようにしようとも考えたんですよ。大河内由美に、見舞いの手紙を、書いたりしたんです。本当に、彼女のことが、心配で書いたわけじゃないんですよ。もっと、たくさん、金をむしり取れる。そのために、心にもない、見舞いの手紙を、書いたんです。助けられたことを、忘れさせないためにね。こんなことをしていたら、本当の悪党になって、そのうち、警察に捕まってしまうのではないか？　そんなふうにも、俺たち考えていたんです。ところが——」

思わせぶりに、帽子の中島が、ひと息ついてから、

「とんでもないことだった。反省なんて、これぽっちも、する必要はなかったんだ」

「君は、何をひとりで、いっているのかね？　反省をしているのか？」

「ここにきて、何だかおかしいぞと思うようになったんですよ。俺たちは、たまたま特急『南風』の列車事故で、大河内由美を助けました。それを利用して、大河内会長まで強請《ゆす》って、大金を、出させよう、車を買わせようと、そんなことばかり、考えていたんですけどね。しかし、今になってみると、俺たちより、向こうのほうが、本物の悪党なんじゃないか、逆に、俺たちのほうが、大河内会長たちに、いいように利用されていたんじゃないのか？　そんなふうに、思えてきたんですよ」

「どうして、そんなふうに、考えるようになったんだ？」

「最初は、三千万円の件、二番目は、改造拳銃の件ですよ」

と、ノッポの酒井が追いかけるようにいう。

「三千万円と改造拳銃のことで、大河内会長やＦＪジャパンから、いいように、騙《だま》されたといいたいのか？」

「そうです」

「もっと、詳《くわ》しく話してみたまえ」

十津川が促《うなが》した。

「それじゃあ、まず、三千万円の件から話しますよ。俺たちは、大河内会長に、というか、FJジャパンに、というか、出演料の値上げを要求した。何しろ、大河内会長の可愛がっていた姪の命を、救ったんだから、そのくらいの金は、もらって、当然だろうと、俺たちは思っていたんです。その結果、ひとり一千万円が振り込まれてきた時に、俺たちは、それに感謝するどころか、こんなに簡単に相手が払ってくれるのなら、一千万円じゃなくて、五千万円、いや、一億円要求するんだったと、三人で悔しがっていた。俺たちも、相当な悪だと思ったりしていたんですよ。ところが、向こうは、その三千万円を使って、俺たちを、人殺しに仕立ててしまったんです。三千万円もらって、羽田社長を殺した犯人に、仕立てたんですよ。おまけに、俺たちは、自分たちで作った改造拳銃で、羽田社長を射殺したことに、なってしまったんです」

「向こうのほうが、一枚も二枚も、上手《うわて》だったんですよ。俺たちは、小悪党だけど、向こうは、大悪党なんだ」

「それは、FJジャパンの、大河内会長のことをいっているのかね？」

「もちろん、そうですよ」

「しかし、偶然、高知行の特急列車が衝突事故で転覆して、大河内由美という、FJジャパンの営業部長を助けたことから、すべてが、始まったんだろう？」

「そうですよ。だから、何度もいっているじゃないですか。これで、俺たちは、金儲けもできるし、東京のテレビに、出ることもできると喜んだんですよ。ところが、向こうのほうが一枚上手でしたね。たぶん、大河内会長もほかの連中も、俺たちが、大河内由美を偶然助けて、東京までやってきた。たぶん、それを見て、大河内会長は、内心、ほくそ笑んだんじゃないですか？　俺たちのような小悪党を気取る人間を利用しようと、思っていたところに、俺たちが現れたんですからね」

「こっちは、騙すつもりだったのに、逆に、大河内会長や、ＦＪジャパンという会社側に、騙されてしまったというのかね？」

「そうですよ」

「それじゃあ、今でも、無実だと思っているんだ？」

「もちろんですよ」

「しかし、君の話は、私たちには信用できないな。君たちは、東京で、羽田自動車の羽田社長を殺し、軽井沢では、丸田幸恵を、殺したと思っている。だから、逮捕状を取ったんだからね。いくら君たちが、大河内会長に、騙された、利用されたといっても、今の状況では、君たちの話を、信用することはできないんだよ」

十津川は、三人の男を突きはなした。

第七章　逆転への証言

1

広島出身のお笑い芸人、三人組の男たちは、羽田自動車工業の羽田社長と、丸田幸恵の二人を殺害した容疑と、そのほか軽井沢の屋敷での二十本の金塊の窃盗事件の容疑で逮捕された。

十津川も、その逮捕に協力したのだが、気持ちは複雑だった。

たしかに、三人は、どうしようもない悪党である。たまたま、ＪＲ四国を走る特急「南風」の事故の時に、乗客の女性を助けたが、彼女は、資産家の、大河内一族の人間だった。彼らが助けたのは、大河内由美という三十五歳の女性で、ＦＪジャパンという日本全国に、チェーン店があるドラッグストアの営業部長だった。

三人は、このチャンスを、最大限に利用して、長年の希望だった東京のテレビに進出し、レギュラーの座を手に入れた。

さらに、図に乗って、出演料の値上げを要求して、FJジャパンの大河内会長から出させることにも成功した。

人の弱みにつけこんだ、こうした行動を考えれば、明らかに、この三人組は、とんでもない悪党である。彼らには、謙虚なところなどどこにもない。

ところが、それが災いしたのか、三人は、二つの殺人事件と、ひとつの、窃盗事件の犯人として、逮捕されてしまった。三人の今までの行動から考えれば、ざまあみろと、いうところである。

しかし、十津川には、三人の逮捕に捜査を進めながら、この事件は、どこかおかしいという気持ちが強かった。

一見して三人は、悪党である。しかし、見方を変えると、彼らは容疑者ではなく、被害者ではないのかという気持ちが、してくるのである。

たしかに、悪い奴らではあるが、もっと頭の切れる大悪党に比《くら》べれば、いいように利用された、可哀《かわい》そうな小悪党にも、見えてくるのだ。

三人が逮捕された直後の捜査会議で、十津川は、そうした自分の気持ちを、正直に三上本部長に、説明した。

「広島の三人組がやったことをしれば、彼らに対して、同情をする者は、おそらく、誰ひとりいないでしょう。何しろ、たまたま遭遇した、JR四国の特急『南風』の列車事故の時、ひとりの女性、大河内由美という三十五歳の女性の命を助けたのですが、たまたま、彼女が大会社の一族のひとりで、FJジャパンという、ドラッグストアのチェーン店の営業部長をやっていたというわけです。その上彼女が、FJジャパンの会長をやっている大河内さんの姪御《めいご》さんで、会長から、可愛《かわい》がられている存在だということをしると、それにつけこんで、三人組は、日頃から、希望していた広島から東京へ乗りこむチャンスと考えました。人の弱味につけこんだのです。彼らは、あっさりと、FJジャパンがスポンサーになっている、東京の中央テレビのドラマに出演する幸運を、まんまと、手に入れることができたのです。ところが、それだけでは満足せず、大河内会長に対しては、出演料の値上げを要求しました。法外な出演料は特別手当として、きちんと支払われたというのです。こうして、日頃の野心が、次々に成就《じようじゆ》していくにつれて、三人は、ますます増長していき、広島から東京に、完全に進出することを、願うようになりました。この三人、グラサンの岡本、帽子の中島、そして、ノッポの酒井ですが、この三人を、表面的に見れば、とんでもない悪党で、彼らに同情する者はひとりもいないだろうと、思います」

「たしかに、そのとおりだ。彼らがやったことを見れば、誰も、同情するはずはないよ」

「しかし、見方を変えると、この三人は、そうした小悪党的な、行動や考え方を巧《たく》みに利用されて二つの殺人事件の容疑者にされ、さらに、二十本の金塊を盗み出そうとした、窃盗容疑までかけられて、三人は、全員逮捕されてしまいました。裁判になったら、たぶん、三人は有罪になるだろうと、私は思うのです。今もいったように、見方を変えれば、三人は、大悪党の作った落とし穴に落ちこんで、ばたばたしている、可哀そうな小悪党ということになってくるのです」

「つまり君は、この三人以上の大悪党が、ほかにいるに違いないと考えているわけだな？」

「そのとおりです」

「君が考えている大悪党というのは、いったい誰なんだ？」

「私が考えている大悪党は、ＦＪジャパンの大河内会長です」

「しかし、大河内会長は、姪の大河内由美の命の恩人だということで、三人の要求をすべてのんできたはずだが」

「たしかに、そのとおりです。これから私が話すことは、勝手な想像ですが、もし、それが正しければ、広島の三人組は、自分たちで作った落とし穴に、自分たちで落ちてしまった、哀れな犠牲者ということになってきます。これから申しあげるのは、勝手な想像ですが、それでも構いませんか？」

「構わないから続けてくれ」

「大河内会長が作りあげた、ＦＪジャパンという、日本全国に、支店を設《もう》けたドラッグストアの大会社があります。この会社は、大河内会長が一代で築きあげた会社です。歴史的に見ると、大河内会長がおこなってきた会社の経営は、極《きわ》めてワンマンで、ライバルは力で押し潰《つぶ》し、あるいは、相手を騙《だま》して、今までに、数々の勝利を積み重ねてきました。ここにきて大河内会長が狙《ねら》っていたことは、二つあったと思うのです。第一は、羽田自動車工業という、安くて高性能の小型車を作って、今や一年間の売りあげの台数が、大手メーカーに迫る勢いの、急成長している自動車会社がありました。大河内会長も、小型車の世界に進出して、小型自動車産業でも、勝利を収めたいと願っていながら、羽田自動車工業に、先を越されてしまいました。そこで、大河内会長が密《ひそ》かに狙っていたのは、ＦＪジャパンが、羽田自動車工業を買収して、小型車の製造でもトップになることだったに違いないのです。それで、大河内会長は、何とかして、羽田自動車工業を買収しようとして努力を、続けてきました。しかし、羽田自動車工業の羽田社長は、頑《がん》として、その要求を拒否してきました。そのために、かえって、大河内会長は、何とかして、羽田社長を倒して羽田自動車工業を、買収しようとしていた。それが第一の大河内会長の、夢だったのではないか、野心だったのではないかと考えるのです。大河内会長のもうひとつの願いは、もう少し、人間くさいものでした」

「人間くさいというのは、いったい何だね？」

「その相手は女性で、女性の名前は、今回殺された、丸田幸恵という、軽井沢の屋敷のオーナーです。大河内会長とのつき合いは、二人と親しい人に、きいたところでは、すでに二十年以上になっていると、教えられました。二人の関係をよくしっているる人たちにいわせると、丸田幸恵のほうは、これからも、大河内会長との関係を続けていきたいと思い、最近も、自分の誕生日に二十本の金塊を、大河内会長に要求して、プレゼントさせました。逆に、大河内会長のほうは、明らかに彼女との関係を、断《た》ち切りたいと思っていたようです。昔なら、彼女の生まれながらの美貌《びぼう》や、コネを仕事に利用することができました。しかし、今となっては、ただ、彼女から、金を要求されているだけの関係に、なってしまっている。利用価値がないんです。ですから、大河内会長は、何とかして彼女との関係を断ちたいと思っていたに、違いありません。つまり、現在の大河内会長は、この二つの希望を持っていたわけです。しかし、どちらの関係も、へたをすると、大河内会長にとって、命取りになりかねません。なぜなら、羽田自動車工業についていえば、羽田社長が死んで、羽田自動車工業が、買収できれば、大河内会長のひとつの希望は、成就されるわけですが、そうなれば、必ず、大河内会長が疑われます。丸田幸恵のほうも同じです。もし、彼女が死ねば、まず第一に疑われるのは、間違いなく、大河内会長です。しかし、大河内会長は、何とかして、この二つの希望を自分は疑われずに達成しようと考えていたと思うのです。ちょうどそんな時に起きたのが、JR四国の特急『南風』の列車事故でした。もちろん、この列車事故はまったくの、偶然でしたが、車内で、姪の大河内由美が、命を助けられ、その恩人の広島の三人組と、大河内会長は、知り合いになりました。おそらく、大河内会長は、ひと目見て、この三人が、小悪党だと見抜いたと思います。この三人を上手《うま》く利用すれば、日頃の二つの希望を、成就することができるのではないかと、考えたに違いありません。この、広島の三人組は、大河内会長が、期待していたとおりの小悪党でした。偶然、人助けをしたという事実、それを錦《にしき》の御旗《みはた》にして、あるいは、それを利用して、三人組は、東京のテレビに自分たちを出演させてほしいと、要求してきたのです。大河内会長は表向き、喜んで、ＦＪジャパンがスポンサーになっている中央テレビの、水曜日のドラマに、三人組を出演させることにしました。ただし、どういう役柄にするかは、大河内会長のほうから『ズッコケ探偵三人組』というドラマを、押しつけているのです。三人組のほうは、たとえどんな役柄であっても、東京の番組に、レギュラーで出られるなら構わないと考えて、ＯＫを出し、ズッコケ探偵事務所を作り『ズッコケ探偵三人組』のストーリイを、承知しました。大河内会長のほうは、三人のために、わざわざ、東京の下町に、小さなビルを買い与え、そこに三人を、住まわせ、そこに、ズッコケ探偵事務所の看板を、出させました。さらに、ビルの最上階の、五階には、さまざまな工作機械を入れて、そこで、広島の三人組が扮《ふん》するズッコケ探偵は、改造拳銃を、作るというドラマの設定にしたのです。もちろん、あくまでもオモチャの拳銃を、作るわけで、実際に使えるような改造拳銃ではないという、設定でした。ところが、三人組が、番組の収録で留守にしている間に、大河内会長は、誰かに指示して、そのビルの五階で工作機械を使って、実際に撃てる改造拳銃を、作っていたのです。その上、その改造拳銃を使って、邪魔になっていた、羽田自動車工業の羽田社長を射殺したのです。そして羽田社長の妻との間で、ＦＪジャパンと羽田自動車工業の買収の話を実現させました。次は、邪魔になっていた、軽井沢の丸田幸恵です。こちらのほうは、丸田幸恵の持っている屋敷で、番組の撮影をするという名目で、三人組とスタッフを、丸田幸恵の屋敷に泊まらせておいて、密《ひそ》かに屋敷に忍びこんで、丸田幸恵を殺し、大河内会長が、丸田幸恵の頼みで買い与えていた二十本の金塊を盗み出し、三人組の乗ってきた車のトランクに、隠しておいたのです。長野県警は、広島の三人組が二十本の金塊ほしさに、丸田幸恵を殺し、金塊を奪ったとして、三人組を逮捕しました」

2

十津川は、先を続けた。

「表面的に見ると、野心家の三人組、つまり、グラサンの岡本、帽子の中島、そして、ノッポの酒井の三人は、たまたまJR四国の特急『南風』の、列車事故の時に人助けをした、その偶然の人助けを、利用して、自分たちの野心を成《な》し遂《と》げていったのです。とにかく、相手の弱みにつけこんで東京のテレビへ出演し、出演料の値上げを要求、誰が見ても、三人は、根っからの悪党です。やったこともちろん、いかにも悪党らしい、あくどいやり方です。そして、大河内一族は、人のいい被害者です。しかし、今、私が申しあげたように、見方を変えると、この三人は、もっと大きな悪党、大河内会長によって利用され、殺人の容疑をかけられて逮捕されてしまったことになってくるのです。三人は起訴され、これから、裁判になるわけですが、今のままでいけば、彼ら三人の有罪は、おそらく、免《まぬが》れないだろうと思います。何しろ、普通に見ると、彼ら三人組は、大河内会長に、東京の下町にビルを買わせ、そこに、工作機械を据《す》えつけて改造拳銃を作っていたのです。もちろん、彼らが作っていた改造拳銃は、実弾を撃つことはできません。何しろ、引き金も銃身《バレル》も、ともにプラスチックで作られていますから、火薬を入れて、引き金を引けば、弾丸が飛び出す代わりに、拳銃そのものが、爆発してしまいます。壊《こわ》れてしまうのです。ところが三人は、本当に使える改造拳銃を、作っていたことになっています。その改造拳銃の、心臓部分、引き金やバレルには、鋼鉄が使われていますから、実際に、本物の弾丸を、何発か撃《う》つことが、可能なのです。その改造拳銃が、羽田自動車工業の羽田社長を、射殺するのに使われていますから、三人が、いくら自分たちは関係がないと主張しても、検事は、彼ら三人組が、金ほしさに改造拳銃を作り、それで、羽田自動車工業の羽田社長を、射殺したと判断するでしょう。また、丸田幸恵殺しについては、丸田幸恵が殺された時には、三人組と一緒に、番組のスタッフも、同じ屋敷に泊まっていました。したがって、当然、そのスタッフにも、容疑はかかってくるのですが、日頃の三人組の行動を見れば、東京に進出してくるためならば、あるいは、金のためならば、どんなことでもするような男たちに見えてしまうので彼らが、丸田幸恵を殺したと結論するでしょう。何しろ、たまたま人助けをしたことを利用してのしあがってきた三人組ですから、二十本の金塊を手に入れるためならば、たまたま泊まった、屋敷のオーナーの丸田幸恵を殺して、金塊を奪ったとしても、おかしくはないだろう。検事は、そんなふうに、考えることが充分にできます。そうなれば、こちらの殺人事件についても、グラサンの岡本や帽子の中島、そして、ノッポの酒井の三人組が、いくら無実を、訴えても、おそらく、裁判では負けてしまうのではないかと考えています」

「君がいいたいことは、それだけかね？」

と、三上がきく。

「はい。これだけです。今私が申しあげたことは、お断りしたように、勝手な想像にすぎません。ですから、もしかしたら、広島の三人組が、本当に、自分たちの作った改造拳銃で殺人を犯したのかもしれません。また、二十本の金塊ほしさに、丸田幸恵を殺したのが事実かもしれません。その可能性を、完全には否定できないのです。その一方で、もし、小悪党の三人組が、もっと大きな、悪党にうまく利用されて、無実にもかかわらず、二件の殺人事件、そして、二十本の金塊の窃盗事件の犯人に、仕立てあげられたのだとすれば、何とかして、彼ら三人組を、助けてやりたいと思うのですが、すでに、彼ら三人組は逮捕されて、検事が、これから殺人容疑で起訴する段階に、きてしまっています。そうなってしまうと、私には、彼らを、助けることができません」

「それで君は、そのどちらを、願っているのかね？　広島の三人組が、有罪の判決を受けることを、願っているのか、それとも、彼らは、利用されているだけで、犯人に、仕立てあげられているにすぎない。もっと大きな悪党、つまり、大河内会長たちが、有罪になればいいと、思っているのかね？　君が望んでいるのは、いったい、どっちなんだ？」

三上が、きくと、十津川は、一瞬考えてから、

「今も申しあげたように、正直にいって、今のところ、私にも、真実がどちらなのかは判断ができません。しかし、いろいろと、考えてみると、七分三分《ななさん》で、広島の三人組は、本当の悪党の大河内会長に巧《たく》みに利用されたのではないかと考えます。三人の野心が利用されて、殺人事件の容疑者にされたという可能性が、大きいのではないかと思います」

と、いった。

3

問題の公判の開始は一カ月後と決まった。

4

三人の弁護人を務める弁護士の相沢が、十津川を、訪ねてきた。

十津川は、その相沢弁護士に対して、

「前もってお断りしておきますが、私は、あなたに、協力することはできませんよ。これから裁判が始まったら、相沢さん、あなたが、あの三人組の弁護を、引き受けるわけでしょう？　私は、三人を、逮捕した刑事ですからね。何も協力できません。それだけは、お断りしておきます」

と、釘《くぎ》を刺した。

「私は別に、十津川さんに、裁判の弁護に協力してくれと、いいにきたのではありません。それに十津川さんが協力してくれるとは、私は、まったく思っていません」

と、相沢が、いった。

「公判が開始されたら、あなたが、あの三人組の、弁護を引き受けるわけでしょう？」

「そのとおりです。広島からほかに、四人の弁護士を呼んで、私を含めた五人で、あの三人組の弁護を、引き受けることにしています。それで今、あの三人組を、どのように弁護したらいいのか、それを五人で、相談しながら、いろいろと考えているのですが、弁護側の証人として、ぜひ、出廷していただきたい人間がいるんですよ」

「出廷させたい人間？　いったい、誰ですか？」

「JR四国の特急『南風』の列車事故の時に、三人組が、命を助けた大河内由美さんです。年齢三十五歳、FJジャパンの、営業部長ですよ。私は、ぜひこの女性に、弁護側の証人として出廷していただきたいと、思っているんです。問題は、彼女が、FJジャパンの大河内一族のひとりだということなんです。それだけに、大河内由美さんの証言は、三人組にとって、大いにプラスになるとも思っています。そこで、FJジャパンのほうに、ぜひ大河内由美さんに、弁護側の証人になっていただきたいと申し入れをしたのですが、現在、彼女は、仕事で、アメリカのニューヨークにいっていて、しばらく帰ってこないので、弁護側の証人として、出廷するのは、物理的に難しいという答えが、返ってきました。それで、十津川さんのほうからも、大河内由美さんの件を頼んでいただけないかと、それを、お願いしにきたんですよ。ほかには何の協力も、お願いするつもりはありません」

と、相沢が、いった。

「そういうことであれば、弁護側の要請ということなら、大河内由美さんを、出廷させることは、難しいことではないでしょう？　ＦＪジャパンだって、裁判の証人のことに関しては、拒否できないはずですからね」

「私も、そう考えているのですが、どうもＦＪジャパンの返事が、曖昧《あいまい》で、それで、十津川さんならばと思って、お願いに、あがったわけなのですよ」

と、相沢弁護士が、いう。

「わかりました。私のほうからもＦＪジャパンと、大河内会長に、今いわれたことを、そっくりそのまま伝えておきますよ」

と、十津川は、約束した。

5

大河内由美は、今回の、一連の事件の発端となった特急「南風」の列車事故があり、その時に、広島の三人組が、命を助けてくれた相手である。

当然、弁護側の証人として、呼ばれれば、命の恩人の三人組に対して、感謝を示すことだろう。そうなれば、三人組にとって、裁判長の心証を、よくすることが期待できる。だからこそ、相沢弁護士が、何とかして大河内由美が、弁護側の証人として、出廷してくれることを、期待しているのは当然のことだった。

翌日、十津川は、ＦＪジャパンの本社に、大河内会長を、訪ねていった。

問題の件については、あとになってから、いった、いわないが問題になるのを心配して、十津川は、証人として、部下の亀井刑事を連れていった。

大河内会長は、十津川と亀井の二人を、迎えると、いきなり、

「今回は、こんなことになってしまって、残念で仕方ありません」

と、いった。

「広島の三人組については、由美の命の恩人ですし、タレントとしての才能も、ある

人たちなので、これから東京のテレビでも、大いに活躍してくれるものと、期待していたのですが、殺人容疑で逮捕されてしまいました。残念で、仕方がありませんよ」

十津川は、単刀直入に、

「実は、一カ月後に、三人の裁判が、開かれるのですが、三人の弁護をすることになっている弁護士は、大河内由美さんを、弁護側の証人として喚問することを、希望しているのです。それでぜひ、彼女に、弁護側の証人として出廷することを、今から約束してほしいといっているのですが、会長からも、由美さんに要請していただけませんか？」

「そういうことであれば、もちろん反対は、いたしません。何しろ、今回の事件の発端というのは、姪の由美が、広島の三人組に命を助けてもらったことから、始まっていますから」

「今、由美さんは、仕事で、ニューヨークにおられるそうですね？」

「そうです。私は今、FJジャパンの支店を国外、特にアメリカに、出したいと思っているのです。そこで、営業部長の由美に、向こうにいって、現地の市場の状況を、調べるようにと命じたのです。それで、今、ニューヨークで由美は、会社のために、向こうで出店した場合に採算が取れるかどうかを、調査しているのです。裁判が始まったら、弁護側の証人として、出廷することも、電話でこれからしらせようと思っていたのです。ところが」

と、急に、大河内会長は、語調を変えて、

「急に、由美と連絡が、取れなくなって、私としても、困っているのですよ」

「由美さんは、ニューヨークの、どこにいるのですか？」

「ニューヨークの市内にあるRTというホテルに、長期滞在しています。ところが、そのホテルに、連絡をしたら、二日前から外出したまま、まだ戻っていないといわれて、驚いているのです」

と、大河内会長がいう。

「連絡がとれないというと、いったいどうしたんですか？」

「それが、まったく、わからないのですよ。向こうのフロントも、ひたすら、由美が出かけたまま、帰ってこないというばかりで、どこにいったのか、それがわからずにいて、こちらとしても、困っています。このままだと、私が由美を、出廷させたくないために、ニューヨークで、隠してしまったのではないか。そんなふうに、疑われるのがいやなので、何とかして、由美を探し出そうと思い、私の昔の秘書、池谷浩一郎《いけがやこういちろう》という男ですが、その人間に、急遽《きゆうきよ》、ニューヨークにいってもらうことにしました」

「もう一度念を押しますが、会長は、大河内由美さんが、裁判の時、弁護側の証人として、出廷することには、反対なさらないわけですね？　そう受け取って、よろしいのですね？」

「もちろんです。私としても、裁判は公平であるべきだと思っていますから、三人が望むのであれば、法廷で、由美に、証言させようと思っています」

大河内会長が、きっぱりとした口調で、いった。

6

このあと、十津川は、相沢弁護士に電話をして、このことを、伝えた。

「問題の大河内由美さんが、アメリカで急にいなくなるとは、どうにもおかしな具合になっていますね」

と、電話の向こうで、相沢弁護士が、いった。

「たしかに、変です」

「こんなことは、考えたくはありませんが、もしかすると、大河内由美さんが、命を助けてくれた広島の三人組に対して、好意を持っているので、法廷には、出廷させたくなくて、大河内会長が、彼女をどこかに隠してしまったのではありませんかね？　そういうことは、考えられませんか？」

　と、相沢弁護士が、いった。

「さあ、どうでしょうかね。私には、何ともいえませんが」

「このあと十津川さんは、いったい、どうしたらいいと、思いますか？　弁護人の私としては、何としてでも、弁護側の、証人として、大河内由美さんに、出廷してもらいたいんですがね」

「大河内会長は、池谷という、元秘書をニューヨークにいかせて、探してもらうといっていました」

「そうですか。しかし、その池谷という、元秘書という男は、向こうで、本当に、大河内由美さんを探してくれるんですかね？」

　と、相沢弁護士が、いう。

　明らかに、大河内会長を、疑っている口ぶりだった。

　相沢弁護士との電話のあと、十津川は、三上刑事部長に会い、

「ぜひ、警察からも、ニューヨークに人を派遣して、大河内由美という女性を、捜《さが》させていただきたいのです」

「君も、大河内会長が、被告側に有利な証言をする可能性のある大河内由美という女性を、どこかに、隠してしまったと思っているのか？」

三上が、いった。

「はっきりいって、その点はわかりません。とにかく、裁判は、公平にやってほしいですから」

と、十津川は、いい、三上刑事部長から、海外出張の許可を得ると、北条早苗《ほうじょうさなえ》刑事を、ただちに、ニューヨークに向かわせることにした。

北条刑事は、ニューヨークに到着すると、向こうの様子を、十津川に連絡してきた。

「大河内会長の元秘書だという池谷浩一郎という人も、こちらにきて、探していますが、大河内由美さんは、まだ、見つかっていません。出かけたまま、ホテルに帰ってきていないのです。ホテルのフロントマンや、彼女がニューヨークにきてから会った人たちに、いろいろと、事情をきいているのですが、全員が、彼女の行方《ゆくえ》には、心当たりはないと、いっています」

こうなってくると、三人組の弁護を引き受けた相沢弁護士は、裁判所に対して、弁護側の証人として出廷してほしい大河内由美の行方が、わからないので、裁判を延期してほしいと、要請した。

（それにしても、少しばかり、おかしなことに、なってきたな）

と、十津川は、思った。

裁判の延期を、要請した相沢弁護士だが、その一方、三人の弁護人として、わざわざ、広島から四人の弁護士を、連れてきて、五人で、三人の弁護を引き受けると発表した。

この三人の起訴を、決めたのは、海野《うんの》という検事である。十津川もよくしっている検事で、公判のために選出された。

7

肝心《かんじん》の大河内由美は、一向に行方が、わからなかった。

警視庁が派遣した、北条早苗刑事も、ニューヨークで、必死になって捜しているが、大河内由美は、依然として見つからないと、いってきた。

一週間、裁判は、延期された。

その一週間が経《た》っても、肝心の大河内由美は、見つからず、弁護側は、仕方なく、大河内由美の代わりに、広島の三人組の、それぞれの家族を呼んで、弁護側の証人として、証言させることに決めて、裁判は開始された。

十津川は、裁判の行方が、どうにも気になったので、三上刑事部長には内緒で、時々、裁判を傍聴するために、亀井と一緒に、出かけていった。

裁判は、明らかに、検察側が優勢だった。相沢弁護士は、三人の妻を出廷させて、三人が、いかに優しい夫であるか、また、いかに真面目で、一見、悪党ぶっているが、本当は、正義感に燃えた人間であるかを証言させた。

しかし、それでも、検察側の優勢は、動かなかった。

結局、裁判は、検察側が優勢のまま、月末には結審し、判決は、一カ月後にいい渡されることになった。

一方、それとほぼ同時に、ニューヨークからは、大河内由美が、発見されたというしらせが、伝えられてきた。

失踪の理由については、アメリカのなかで、FJジャパンの支店を、出すにふさわしいような町が、いくつか見つかったので、その町を訪ね、町の状況や、似たような店があるかどうかを調べていた。その調査が、公《おおやけ》になると、ライバル会社に、用心されてしまうと思い、大河内由美は黙って、ひとりで、調べ回っていたというのである。

（これもおかしいぞ）

十津川は、思った。

「公判が終わったらすぐに見つかるというのは、いかにも、不自然ですよね。大河内由美は、会長の指示で、どこかに隠れていたと、思われませんか？」

と、亀井が、いう。

「たしかに、おかしい。今、カメさんがいったように、いくら捜しても、公判の期間中は、見つからなくて、公判が終わった途端に、現れたんだからね。どう考えても、誰かの指示で、どこかに、身を隠していたんじゃないかと疑ってしまう。おそらく、強制的に、大河内会長の命令で、ＦＪジャパンの人間が、密《ひそ》かに、アメリカのどこかに、大河内由美を、引き留《と》めていたとしか、思えないね」

「もし、それが、本当なら、どうして、大河内会長は、そんな真似《まね》を、したんでしょうか？」

と、亀井がきく。

「大河内由美は、広島の三人組に命を、助けられているから、三人組に対して、恩義を感じているはずだ。どうしたって、彼女は、三人組に、有利になるような証言をするはずだ。それでは困るので、大河内会長は、彼女を、公判の間、隠しておいたんだろう。たぶんどこかに閉じこめていたんじゃないかな。そんなことだと思うよ。それ以外には、考えられないね」

と、十津川が、いった。

「私も、そう、思ったのですが、しかし、よく考えてみると、少しばかり、おかしいんじゃありませんか?」

「おかしいって、カメさん、何が、おかしいんだ?」

「たしかに、大河内由美は、三人組によって、命を、助けてもらったんですから、弁護側の証人として、当然のことながら、三人に有利な、証言をするでしょう。しかし、考えると三人組は、大河内由美の自分たちに対する感謝、それを利用して、東京の中央テレビのドラマ番組を、手に入れたり、出演料の値上げを要求したわけでしょう? 反対尋問で、その点を検事が突けば、大河内由美が、弁護側の証人として、三人の優しさを、強調しても、結局それは、マイナスになってしまうんじゃありませんか?」

と、亀井が、いった。

十津川は、急に黙ってしまった。じっと考えていたが、

「たしかに、カメさんのいうとおりだ。大河内由美が、有利な証言をすることは間違いないが、カメさんがいったように、その優しさや感謝を、あの三人組が利用して、いろいろな要求を突きつけて、いかにも、悪党ぶりをさらけ出したんだ。反対尋問で、そこをつけば、逆に、大河内由美の証言は、マイナスになってくるだろう。そのくらいのことは、ベテランの、相沢弁護士なら当然、気がついていたはずだな」

「そうですよ。へたに、証言させれば、逆に、それがマイナスになってしまう恐れがあったと思いますね」

「大河内会長だって、もちろん、それは、わかっていたはずだ。それなのになぜ、強制的に、大河内由美を、隠してしまったのだろう？　公判では、絶対に証言させないようにしたのだが、その理由がわからなくなってきたね」

と、十津川が、いった。

8

「大河内会長が、大河内由美を、ニューヨークで行方不明にさせた理由は、もしかすると、ほかに、あったのかもしれない。ただ単に、命を助けてくれたことを、証言するのを防ぐために、それだけの理由で、彼女を隠したとは思えなくなってきた。だとすれば、何のために、公判の間、彼女を隠してしまったのか？」

「そうなんです、私も、その点が疑問なんです。それを、調べてみようじゃありませんか？」

と、亀井が、いった。

十津川は、三上刑事部長に、

「すでに、今回の事件の捜査本部は、解散してしまいましたが、刑事たちに、どうしても、調べさせたいことが、できてしまいました。それで、今回の裁判は、一カ月後に判決が出るので、それまでに、私と亀井刑事、それから、西本《にしもと》、日下《くさか》の二人の刑事、今ニューヨークにいる、北条早苗刑事、この五人で、ぜひ捜査をやらせてもらえませんか？」

「捜査本部も、すでに解散しているのに、いったい、何を、調べたいのかね？」

三上がきく。

「大河内会長が、公判の間、大河内由美を、隠してしまった本当の理由を、しりたいのです」

十津川は、もし、三上が駄目だといったら、有給休暇を取ってでも、勝手に調べる

つもりだったが、三上は、しばらく考えてから、あっさりと、

「いいだろう」

と、承諾した。

たぶん、三上も、少しばかり、今回の関係者たちの動きについては、疑問を、持っていたのだろう。

9

十津川は部下の刑事たちに、ＦＪジャパンの営業部長、大河内由美について、その人柄や性格、そして、仕事の状況、何か問題を起こしていないかどうかなどを、徹底的に調べさせた。

その結果、ひとつの結論に達すると、今度は、大河内由美に対する逮捕状を、請求することにした。この際、容疑は何でもよかった。とにかく、彼女を逮捕して、大河内会長から、彼女を引き離すことが目的だった。

そこで、十津川が、思いついたのは、彼女が、一年前に起こした交通事故を、利用することだった。

彼女は現在、その事故のために、免許停止中だが、被害者は、命に別状はなく、現在、示談になっている。

そこで、被害者の男に会い、足の怪我が悪化したので、彼女を訴えることに、強引に持っていき、その線で、逮捕状を請求したのである。

その二日後、アメリカから、大河内由美が、会長の元秘書、池谷浩一郎と一緒に、帰国することがわかった。

十津川は、部下の刑事三人を連れて、成田《なりた》空港に向かった。

予定よりも五時間遅れて、旅客機が着陸し、大河内由美たちが降りてきた。

到着ロビーには、大河内会長や、ＦＪジャパンの重役たち数人が、大河内由美を、迎えにきていた。

大河内由美が現れると、大河内会長や重役たちが、彼女に向かって、歩き出した。

その二人の間に、割って入り、十津川はいきなり、大河内由美に、向かって、

「大河内由美さん、あなたを逮捕する。これが、逮捕令状です」

と、逮捕令状を突きつけた。

大河内由美の後ろで、大河内会長が、怒鳴《どな》った。

「君たちは、何をしているんだ？　日本に着いたばかりで疲れている由美を、いった

いどうしようというのかね？」

その鼻先にも、十津川は、逮捕令状を突きつけた。

「残念ながら、これから、大河内由美さんを逮捕し連行します」

十津川は、彼女を強引に、空港の前に駐《と》めておいたパトカーに連れていった。

背後で、盛んに、大河内会長や、重役たちが怒鳴っていたが、十津川は、完全に無視した。

10

警視庁に連行すると、十津川は、大河内由美を取調室に入れ、亀井と二人で、尋問に当たったった。

「私は、いったい何の容疑で、逮捕されたのでしょうか？　逮捕令状には、一年前に、私が起こした交通事故のことが、書いてありましたけど、あれはもう示談がすんで、解決しているんですけど」

大河内由美がいう。

「実は、あなたに、どうしてもおききしたいことがあって、仕方なく逮捕になってしまいましたが、正直に話していただきたい」

十津川は、頭をさげた。

「わかりましたけど、何をお話しすればいいんでしょうか？」

「二つあります。ひとつは、あなたがニューヨークにいた時、本当に、あなた自身の考えで、姿を消していたのか？　それとも、会長の命令だったのか、それが、しりたい。もうひとつは、あなたは、ＦＪジャパンの営業部長ですよね？」

「そうです」

「こちらで調べたところ、あなたは、大河内会長の命令で、営業部長として、羽田自動車工業の羽田社長と、長期にわたって、合併問題についての交渉を、おこなっている。そのことについても、話していただきたいのです。まず、羽田自動車工業の件です。合併問題について、羽田社長と、交渉を続けていたことは、本当の話ですね？間違いありませんね？」

「ええ、それは事実です。会長からの指示で、羽田社長と、合併問題について協議していました。実は、ＦＪジャパンと、羽田自動車工業の買収問題ですが、それについて、羽田社長との、交渉を任《まか》されていました」

と、由美が、いった。

十津川は、やはりと思いながら、

「それで、結局どうなったんですか？」

「結論からいいますと、失敗に、終わってしまいました。うちの会長の、要求というか、買収のための条件が、羽田社長にとっては、自尊心を傷つけるようなものだったと思うのです。そのことが、羽田社長を怒らせてしまい、その後、買収問題は、まったく進まなくなってしまいました」

「それは、どうしてですか？」

「怒った羽田社長が、私にも、うちの大河内会長にも、話し合いどころか会うこと自体をずっと拒《こば》み続けてきたからです」

「念を押しますが、あなたが、長期にわたって、羽田自動車工業の買収問題について、羽田社長と、交渉していたのだが、それが、失敗に終わり、逆に羽田社長を怒らせてしまい、会うことさえできなくなった。つまり、そういうことですね？」

「ええ、そうです。羽田自動車工業とうちの会社とは、最悪の状況というか、関係になってしまいました」

「ところが、今、広島の三人組が、自分たちで作った改造拳銃で、羽田自動車工業の、羽田社長を射殺したという、殺人の疑いで逮捕されて、裁判にかけられ、その裁判は、先日、結審しました。その容疑というのは、羽田自動車工業の羽田社長が、大河内会長とも仲がよくて、羽田社長は、FJジャパンが、広島の三人組を、東京のテレビ番組に出したり、破格の出演料を、払っているのをしって、あの広島の三人組は、どうにも信用ができない。だから、早く広島に追い返してしまったほうがいいと、羽田社長が、大河内会長にすすめていた、というのです。つまり、広島の三人組の悪口を、大河内会長にいい続けていたというのです。それをしった三人組が、腹を立てて、改造拳銃で、羽田社長を射殺したという容疑で逮捕されたのです。ところが今、あなたは、営業部長として、羽田自動車工業社長との間の、買収問題で長期にわたって、折衝《せっしょう》し、その結果、羽田社長を怒らせてしまった。会おうとしても、向こうは、いっさい、会ってくれなくなってしまった。あなたは今、そう、おっしゃいましたね？」

「ええ、それが本当ですから」

「だとすると、羽田社長が、大河内会長に向かって、広島の三人組は、信用できないから、すぐ、広島に追い返せと忠告するという、そんなことは、あり得ないことになってきますね？　どうですか、違いますか？」

「たしかに、そんな状況では、ありませんでした。そのことは、会長にも、よくわかっていたはずですけど」

と、由美は、いった。

「広島の三人組には、羽田自動車工業の羽田社長を改造拳銃で撃つ、その動機がまったくなかったことに、なりますね？　羽田社長が、大河内会長に会って、広島の三人組について、忠告をするような、そんな状況では、まったくなかったわけですからね。それを確認したかったんです」

「たしかに、そうなんですけど、どうしてそれが、広島の三人組が羽田社長を殺した容疑者になって、しまっているんでしょうか？　私にはわかりません」

と、由美が、いった。

「いや、いいんですよ。あなたは、わからなくても、いいんです。ただし、これで、まだ、裁判の判決が出ていないので、これからわれわれが動いて、広島の三人組を無事に、助け出せるという希望が持てるようになりました」

とだけ、十津川は、いった。

本書は、双葉社より二〇一四年五月新書判で、一六年九月文庫判で刊行されました。

なお、本作品はフィクションであり、実在の個人・団体などとは一切関係がありません。

十津川と三人の男たち

一〇〇字書評

切り取り線

購買動機（新聞、雑誌名を記入するか、あるいは○をつけてください）

- □（　　　　　　　　　　　　）の広告を見て
- □（　　　　　　　　　　　　）の書評を見て
- □ 知人のすすめで
- □ タイトルに惹かれて
- □ カバーが良かったから
- □ 内容が面白そうだから
- □ 好きな作家だから
- □ 好きな分野の本だから

・最近、最も感銘を受けた作品名をお書き下さい

・あなたのお好きな作家名をお書き下さい

・その他、ご要望がありましたらお書き下さい

住所	〒				
氏名		職業		年齢	
Eメール	※携帯には配信できません		新刊情報等のメール配信を 希望する・しない		

この本の感想を、編集部までお寄せいただけたらありがたく存じます。今後の企画の参考にさせていただきます。Eメールでも結構です。

いただいた「一〇〇字書評」は、新聞・雑誌等に紹介させていただくことがあります。その場合はお礼として特製図書カードを差し上げます。

前ページの原稿用紙に書評をお書きの上、切り取り、左記までお送り下さい。宛先の住所は不要です。

なお、ご記入いただいたお名前、ご住所等は、書評紹介の事前了解、謝礼のお届けのためだけに利用し、そのほかの目的のために利用することはありません。

〒一〇一－八七〇一
祥伝社文庫編集長　坂口芳和
電話　〇三（三二六五）二〇八〇

祥伝社ホームページの「ブックレビュー」からも、書き込めます。
www.shodensha.co.jp/bookreview

祥伝社文庫

十津川《とつがわ》と三人《さんにん》の男《おとこ》たち

令和 3 年 6 月20日　初版第 1 刷発行

著　者　西村京太郎《にしむらきようたろう》

発行者　辻　浩明

発行所　祥伝社《しようでんしや》

東京都千代田区神田神保町 3-3
〒101-8701
電話　03（3265）2081（販売部）
電話　03（3265）2080（編集部）
電話　03（3265）3622（業務部）
www.shodensha.co.jp

印刷所　堀内印刷
製本所　ナショナル製本
カバーフォーマットデザイン　芥　陽子

Printed in Japan ©2021, Kyōtarō Nishimura ISBN978-4-396-34733-8 C0193

祥伝社文庫の好評既刊

西村京太郎

狙われた男
秋《あき》葉《ば》京介《きょうすけ》探偵事務所

裏切りには容赦をせず、退屈な依頼は引き受けない――。そんな秋葉の探偵物語。表題作ほか全五話。

西村京太郎

十津川警部 哀《かな》しみの吾妻《あがつま》線

長野・静岡・東京で起こった事件の被害者は、みな吾妻線沿線の出身だった――偶然か？　十津川、上司と対立！

西村京太郎

十津川警部 姨捨《おばすて》駅の証人

亀井は姨捨駅で、ある男を目撃し驚愕した――（表題作より）。十津川警部が四つの難事件に挑む傑作推理集。

西村京太郎

萩・津和野・山口 殺人ライン
高杉晋作《たかすぎしんさく》の幻想

出所した男の手帳には、六人の名前が書かれていた。警戒する捜査陣を嘲笑《あざわら》うように、相次いで殺人事件が！

西村京太郎

十津川警部 七十年後の殺人

二重国籍の老歴史学者。沈黙に秘められた大戦の闇とは？　時を超え、十津川警部の推理が閃く！

西村京太郎

急行奥只見《おくただみ》殺人事件

新潟・浦佐から会津若松への沿線で連続殺人⁉　十津川警部の前に、地元警察の厚い壁が……。

祥伝社文庫の好評既刊

西村京太郎
私を殺しに来た男
十津川警部が、もっとも苦悩した事件とは？　ミステリー第一人者の多彩な魅力が満載の傑作集！

西村京太郎
十津川警部捜査行
恋と哀しみの北の大地
特急おおぞら、急行宗谷、青函連絡船――白い雪に真っ赤な血……旅情あふれる北海道ミステリー作品集！

西村京太郎
特急街道の殺人
謎の女『ミスM』を追え！　魅惑の特急が行き交った北陸本線。越前と富山高岡を結ぶ秘密！

西村京太郎
十津川警部
絹の遺産と上信《じょうしん》電鉄
西本刑事、世界遺産に死す！　捜査一課の若きエースが背負った秘密とは？　そして、慟哭の捜査の行方は？

西村京太郎
出雲《いずも》　殺意の一畑《いちばた》電車
駅長が、白昼、ホームで射殺される理由――山陰の旅情あふれる小さな私鉄で起きた事件に、十津川警部が挑む！

西村京太郎
十津川警部捜査行
愛と殺意の伊豆踊り子ライン
亀井刑事に殺人容疑!?　十津川警部の右腕、絶体絶命！　人気観光地を題材にしたミステリー作品集。